KB121224

로크미디어가
유혹하는
재미있는 세상

ROK
MEDIA
로크미디어

예지몽으로 히든랭커 14

2022년 1월 12일 초판 1쇄 인쇄
2022년 1월 17일 초판 1쇄 발행

지은이 이현비
발행인 김정수 강준규

기획 이기헌 왕소현 박경무 강민구
책임편집 백승미
마케팅지원 배진경 임혜솔 송지유 이영선

발행처 (주)로크미디어
출판등록 2003년 3월 24일
주소 서울시 마포구 성암로 330 DMC첨단산업센터 318호
Tel (02)3273-5135 **편집** 070-7863-8595 **Fax** (02)3273-5134
홈페이지 rokmedia.com **E-mail** rokmedia@empas.com

예지몽으로 히든랭커

이현비 게임 판타지 장편소설 ⟨14⟩

CONTENTS

마핀 보스 사냥

'기회!'

무의식중에 이전에 처치했던 거대화한 마핀 보스들을 상대할 때와 비슷한 마나를 사용했던 가온은 상대의 오러 네일이 실린 강력한 힘을 감당하지 못하고 뒤로 물러났지만 눈을 빛냈다.

승기를 잡았다고 생각했는지 마무리를 하려는 듯 이전보다 길고 날카로운 오러 네일을 생성시킨 손톱들을 앞으로 내뻗고 있는 마핀 총보스가 가온에게 다른 수를 쓸 시간적인 여유를 준 것이다.

흑사자의 검병에서 왼손이 잠깐 떨어지나 싶더니 손바닥이 앞을 향해 쭉 펴졌다.

파바바바밧!

앞으로 쭉 편 가온의 왼 손가락들 끝에서 붉은 무언가가 발출되자 마핀 총보스의 오른쪽 허벅지에 다섯 개의 구멍이 뚫렸다. 바로 마나탄이었다.

순간 마무리를 위해서 앞으로 도약하려고 했던 마핀 총보스의 몸이 균형을 잃고 비틀거렸다. 오른쪽 발에 힘이 제대로 들어가지 않은 것이다.

가온은 그런 마핀의 허점을 놓치지 않았다. 오른손만으로 붙잡고 있는 흑사자의 검첨에 순간적으로 사람 눈알 크기의 작은 구슬이 맺히는가 싶더니 엄청난 속도로 놈의 머리를 향해 폭사되었다.

"월구폭!"

화속성과 금속성의 마나로 만든 검기를 한계까지 압축해서 구슬 형태로 만든 후 탄환처럼 목표를 향해 발사하는 비기였다. 목표가 워낙 커서 굳이 '백발백중'처럼 명중률을 높이는 스킬을 따로 사용할 필요도 없었다.

퍽!

마핀 총보스의 주의가 마나탄에 구멍이 뚫린 허벅지 부위에 쏠린 아주 짧은 순간 음속보다 더 빠르게 날아간 검환은 놈의 이마에 구멍을 만들었다.

놈은 창졸지간에도 급하게 두꺼운 생체보호막을 만들어 냈지만 순수한 금기로 이루어진 검환은 보호막은 물론 단단한 두개골까지 뚫고 들어갔다. 그리고 다음 순간 가온의 의지에 따라 폭발했다.

푸시시!

마핀 총보스의 머리 상단부에서 황금빛의 가는 선들이 사방으로 터져 나와 마치 금관을 쓴 것처럼 보였다.

한계까지 압축되었던 금기와 화기가 폭발해서 놈의 단단한 두개골을 뚫고 밖으로 나온 것이다.

금기가 대기로 흩어지자 드러난 놈의 머리는 수없이 많은 구멍이 나 있었고 그 구멍 사이로 뇌수와 피가 뿜어져 나왔다.

쿠웅!

마침내 마핀 총보스의 거대한 몸이 앞으로 쓰러졌다.

'드디어 보스 하나를 처치했네!'

가온은 순간 눈앞에 나타난 홀로그램의 내용을 확인하고 함박웃음을 지었다.

—던전의 세 보스 중 하나를 처리하는 업적을 세웠습니다. 보상으로 칭호, 스킬, 아이템을 획득합니다!

—레벨이 5 상승합니다!

한동안 보지 못했던 반가운 내용이었다.

가온은 먼저 칭호부터 확인했다.

'예상했던 칭호군.'

동종의 마수나 몬스터를 일정 숫자 이상 사냥했을 때 얻을 수 있는 '유인원 학살자' 칭호였다.

이미 같은 칭호가 있었기에 다른 내용이 있는지 확인해 보니 과연 변화가 있었다.

유인원 학살자

등급 : 유일
상세 : 유인원 계통의 몬스터를 상대로 전 스텟 30% 증가

일단 등급이 '희귀'에서 '유일'로 상승했으며 내용 중에서도 '전투력'이 '전 스텟'으로 변했다.

'확실히 전투력에 한정되는 것보다는 전 스텟이 상승하는 것이 더 낫지.'

안 그래도 마핀 총보스 무리를 사냥할 때 칭호의 효과를 톡톡히 봤는데 등급까지 올랐으니 이제는 후와나 마핀과 같은 유인원 종류는 그에게 손쉬운 사냥감이 되어 버렸다.

다음은 스킬이었는데 칭호와 마찬가지로 기존에 있는 것이었다.

'여기에서 왜 거대화 스킬이 또 나오는 거지?'

그렇게 생각을 하고 있는데 내용이 바뀌었다.

이전과 비교를 해 보니 엄청난 변화가 있었다. 일단 등급
이 올라서 S급이 되었고 내용 면에서도 많이 바뀌었다.

네 항목 중 두 항목은 그대로였지만 이전에는 마나 50으로
1분 동안 유지할 수 있었다면, 이젠 고작 10의 마나로 같은
시간을 유지할 수 있어 지속성이 높아졌다.

그리고 동종의 진혈을 복용할 경우 이전에는 육체의 '내구
력'이 상승했는데 이젠 육체의 '능력' 전반이 2배씩 상승하는
것으로 바뀌었다.

'대단하네!'

새로운 스킬을 기대했었지만 이 정도의 업그레이드라면
충분히 만족할 수 있었다.

마지막은 아이템인데 확인한 순간 가온의 얼굴이 환해졌
다.

'스킬 진화권이 나오다니!'

그것도 F등급부터 A등급의 스킬을 진화시킬 수 있는 진화권 모음이었다.

"휘유!"

가온은 너무 기뻐 휘파람을 불었다. 특히 A등급 스킬을 S등급으로 등급 업시킬 수 있는 스킬 진화권의 경우 갓상점에서 구입하려면 무려 375,000명예 포인트가 필요했다.

생각도 하지 않았는데 엄청난 것을 얻어 버렸다. 물론 스킬의 등급이 높아진다고 당장 스킬의 위력이 크게 증가하는 것은 아니다. 숙련도를 올려서 레벨을 상승시켜야만 하는 것이다.

하지만 그래도 이왕이면 등급이 높은 스킬을 얻는 것이 훨씬 더 나았다. 스킬의 최고 위력이 전혀 달랐기 때문이다.

아쉬운 것은 명예 포인트를 따로 얻지 못했다는 점이다. 갓상점 측과의 협의를 통해 사냥한 사체를 매대에 올려야만 획득할 수 있었다.

그렇다고 이놈을 갓상점에 넘길 생각도 없었다.

'이놈을 구울로 만들어서 다른 구울들을 통제하도록 해야지.'

그래도 던전을 클리어하면 대량의 명예 포인트를 얻을 수 있으니 거기에 기대를 해 봐야 할 것 같았다.

'아! 이러고 있을 때가 아니야!'

가온은 차원석을 찾기 시작했다. 차원석은 워낙 강렬한

존재감을 드러내고 있어서 어렵지 않게 찾을 수 있었는데, 마핀 총보스의 거처였던 것으로 보이는 거대한 나무의 내부에 들어 있었다. 아마 놈이 구멍을 파고 그 안에 두었던 것 같았다.

직경이 10미터는 될 것 같은 늙고 거대한 비타젠 나무에는 수없이 많은 구멍이 뚫려 있었는데, 안에는 죽은 마핀들이 품고 있었던 것으로 보이는 중상급 이상의 마정석들은 물론 비타젠 씨앗들이 가득했다.

마핀 보스들의 거처마다 비타젠 씨앗들이 숨겨져 있었던 것으로 봐선 씨앗의 비밀을 소수가 독점해 왔던 것 같았다.

그렇지 않으면 굳이 숨겨 두고 몰래 먹지 않을 테니 말이다.

'나한테는 잘된 일이지.'

되는대로 아공간에 집어넣었기에 정확한 수량은 짐작이 되질 않았지만, 확실한 건 이제까지 가온이 수집했던 것보다 몇십 배, 아니 몇백 배는 많을 것 같았다.

차원석은 바로 생명의 아공간에 확장하는 데 사용했다. 고민할 이유가 없었다.

그 후 가온은 죽은 마핀들의 사체를 챙기며 앙헬과 정령들에게 상황을 파악하도록 부탁했다.

챙기다 보니 그가 손을 쓰지 않은 사체들이 엄청났다. 사체는 대부분 몸이 퉁퉁 부은 상태였는데 그만큼 골드비의 독이 강력해진 것이다.

 가온은 구울로 만들 놈들을 제외하고는 파워 드레인 스킬을 펼친 후 마정석을 적출하고 사체는 갓상점으로 넘겨 버렸다.

 얼마 후 앙헬과 정령들이 차례로 보고를 해 왔는데 생각 이상으로 굉장한 성과를 거두었다. 엘프들의 포위망을 벗어나 마핀은 채 1%도 되지 않았던 것이다.

 그리고 침략자들이 모두 사라져서 그런지 골드비들이 돌아오고 있다고 했다.

 가온은 서둘러 벌집들이 있는 곳으로 향했다. 대부분 부서지기는 했지만 여왕벌들은 무사했기에 골드비들을 거두어들일 수 있었다.

 돌아온 골드비의 숫자는 크게 줄어 있었다. 대략 처음의 4분의 1에도 못 미쳤다. 마핀 총보스에게 죽은 놈들도 있었지만 대부분은 공격성을 억제하지 못하고 생성할 수 있는 독침을 모두 사용한 나머지 기력을 잃고 죽은 것이다.

 돌아온 골드비들은 가온의 몸에 두껍게 달라붙었지만 파르와 생체보호막이 지켜 주었기에 아무런 피해도 입지 않고 여왕벌이 들어 있는 벌집으로 유인해서 모두 생물 전용 아공간으로 회수했다.

 그렇게 골드비를 무사히 회수한 가온은 정령들로 하여금

예지몽으로
히든랭커

부서진 벌집에서 새어 나온 꿀을 모두 챙기도록 했다. 골드비의 꿀은 자신은 물론 정령들에게도 도움이 되는 영약이니 챙겨야만 했다.

－온, 우리도 먹으면 안 돼?

거대한 꿀 덩어리를 허공에 띄운 채 돌아온 카오스가 뾰로통한 얼굴로 물었다.

'조금 정도라면 먹어도 돼.'

－조금이 얼마만큼인데?

'지금 네 몸 크기.'

앙헬과 세 정령은 평소처럼 가온의 주먹 크기로 현신한 상태였다.

－우와아!

앙헬과 정령들은 환호성을 지르며 자신이 모아 온 골드비의 꿀을 와구와구 먹기 시작했다. 꿀에는 그들의 성장에 필요한 에너지가 잔뜩 들어 있었기 때문이다.

'다 먹었으면 돌아다니면서 마핀 사체를 좀 챙겨 줘.'

－알았어. 우리에게 맡기라고.

중독되어 죽은 사체들은 손상된 부위가 없어서 구울의 재료로 최상이었다.

앙헬과 정령들이 일을 시작하자 가온은 마통기를 사용해서 엘프 대전사장들을 한곳으로 모이도록 했다.

이제 마핀은 더 이상 사냥하지 않아도 된다. 던전 클리어

조건을 충족하고도 남을 정도로 충분히 사냥했기 때문이다.

포위망으로 도망쳐 나오던 마핀을 모두 사냥한 엘프 대전 사장들은 모두 한곳에 모여 있었다.

"대장님!"

가온이 날아 내리는 것을 본 대전사장들이 일제히 모여들었다.

"보스는요?"

시르네아가 눈을 빛내며 물었다.

"다행히 사냥했습니다."

"역시! 그런데 그 살벌한 골드비들은 생명의 땅에서 봤었는데, 대장님이 어떻게 하신 거죠?"

눈치를 보아하니 이들은 생명의 아공간에서 봤던 골드비가 이곳에 나타난 것이 가온의 능력 때문이라고 생각하는 것 같았다.

"맞습니다. 모인 마핀 무리를 흩어지게 만드는 데 가장 적합한 것 같아서 모종의 방법으로 그곳에 풀어 두었습니다."

"그럴 줄 알았어요. 원로들께서 골드비가 왕성하게 활동할 때는 꽃이 핀 허브 밭이나 과수원 근처에는 아예 가지도 못하게 하더니 그 이유를 알았어요. 도망쳐 나오는 마핀들이 거의 공포에 미쳐서 제대로 대응도 하지 못하더라고요."

그러고 보니 이들은 전사들이었고 그동안 한곳에 모여서

수련을 했었기에 골드비가 얼마나 위험한 존재인지 잘 모르고 있었다.

"저희는 골드비를 이런 식으로 사냥에 활용하실 줄은 몰랐습니다. 정말 존경합니다!"

평소 말이 거의 없었던 황혼의 일족 하이엘프인 데루나가 진심인 듯 동경의 눈빛을 보냈다. 그의 사고방식으로는 너무 파격적이면서도 효율이 엄청난 사냥법이었다.

"하하하. 존경은요. 이제 마핀은 더 이상 사냥을 하지 않아도 되니 돌아가서 편하게 쉬십시오. 덕분에 이 던전을 쉽게 클리어할 수 있을 것 같습니다. 모두 수고하셨습니다."

가온은 진심을 다해서 고마운 마음을 전했기에 엘프 전사들은 무척 뿌듯한 마음으로 돌아갈 수 있었다.

"그리고 이건 여러분의 육체 능력은 물론 정령 친화력까지 높여 줄 수 있는 영약이니 물에 적당히 희석한 후 나누어 복용하십시오."

가온은 돌아가는 엘프 전사들에게 정령들이 모아 온 골드비 꿀의 절반을 선물했다. 그들에게 선물한 방어구와 무기로는 보상으로 충분하지 않다고 생각한 것이다.

"이런 귀한 것을! 감사합니다!"

인간과 달리 돈과 같은 재물에 큰 욕심이 없는 엘프, 특히 전사들에게는 그 무엇보다 반가운 선물이었다. 정령 친화력은 물론 전투력까지 높여 주는 영약은 흔치 않았다.

"필요할 때는 언제든 저희를 불러 주세요. 항상 대기하고 있을게요!"

대전사장들은 모두 같은 내용의 말을 부탁하고 그들이 생명의 땅이라 부르는 아공간으로 돌아갔다.

그렇게 엘프 전사들이 귀환한 후에도 가온은 움직이지 않았다. 정령들이 한창 마핀 사체를 챙기고 있었기 때문이다.

얼마 후 사체 수거 작업이 끝났다.

가온과 달리 공간 이동을 하듯 빠르게 이동할 수 있는 앙헬과 세 정령이 거들자 남은 일은 순식간에 마칠 수 있었다.

'걱정하겠네. 빨리 돌아가자.'

비타젠 수림 지대로 건너온 지 벌써 2시간 정도가 지났기 때문에 대원들이 걱정을 하고 있을 것이다.

가온은 마통기를 사용해서 안부를 전해 줄까 하다가 빨리 이동하는 것이 나을 것 같다고 판단을 하고는 녹스의 도움을 받아서 이제는 더 이상 볼일이 없는 비타젠 수림 지대를 떠났다.

자이언트 웜 사냥

"대장님!"

거대한 암반 위에서 미어캣 무리처럼 하늘에 시선을 고정하고 있던 대원들이 우아하게 날아 내리는 가온을 일제히 반겼다.

"그래. 일은 잘 본 것이냐?"

가온이 마통기로 연락을 받고 황급히 떠났기 때문에 묻는 나크 훈을 비롯한 모든 대원들이 걱정을 하고 있었다.

"네. 다행히 잘 처리했습니다."

"그랬으면 됐다. 자, 다시 사냥을 시작하도록 하지."

나크 훈은 제자가 무슨 일로 자리를 길게 비웠는지는 알 수 없지만 굳이 물을 생각이 없었다. 혼자서도 알아서 잘하는 제자이니 말이다.

"하하하. 대장 덕분에 잘 쉬었으니 이제부터 더 열심히 사냥을 해 보자고!"

누구보다 의지가 되는 가온이 무사히 돌아온 것만으로도 대원들은 기운을 차렸다.

이젠 서로 간의 합도 잘 맞았고 미끼 역할을 하는 이들의 감각도 예리해져서 놈이 언제 땅 밖으로 솟구칠지 대강 예상할 수 있었다. 덕분에 2시간 정도 더 사냥한 결과는 무척 좋았다.

가온은 동일 시간 대비 더 많은 숫자의 자이언트 웜이 출몰하는 현상을 두고 한 가지 가능성을 떠올렸다.

그런데 같은 생각을 하는 대원이 있었다. 하나가 아니라 둘이었다.

사냥을 마치고 귀환을 준비하는 중 매디와 나디아가 가온에게 비슷한 의견을 밝혔다.

"숫자가 많아지는 것을 보니 아무래도 자이언트 웜 보스가 있는 곳과 가까워지는 것 같아요."

"저도 그렇게 생각해요. 변이 마수인 자이언트 웜의 원형이라고 할 수 있는 그린 웜이나 와일드 웜의 습성을 보면 낮에는 먹이 활동을 위해서 흩어져 멀리까지 이동하지만 기온이 떨어지는 밤에는 한곳에 모여 지내거든요. 오후 시간에 출몰하는 자이언트 웜의 숫자가 많아진다는 것은 그만큼 놈들의 본거지가 가깝다는 것을 뜻한다고 생각해요."

"나 역시 그렇게 생각하고 있어. 앞으로 이삼일 이내에 보스를 만나게 될 것 같아."

세 사람의 대화를 들은 다른 대원들과 이계인들은 자이언트 웜의 사냥이 끝나간다는 사실에 기대감을 감추지 못했다.

아무리 합이 잘 맞더라도 두껍고 바람도 잘 통하지 않는 방어구를 입은 채 고온건조 한 황무지에서 거대한 변이 마수를 종일 사냥하는 것은 굉장히 힘든 일이었다.

다들 빨리 자이언트 웜을 정리하고 이 던전의 메인이라고 할 수 있는 죽음의 군단을 상대하길 원했다.

이틀 전부터 자이언트 웜 보스의 영역에 진입한 것 같은 징후들이 있어 가온도 사냥에 적극적으로 참여했다.

"어제도 그렇지만 오늘도 굳이 이동을 하지 않아도 될 것 같습니다. 한두 마리가 아닙니다."

미끼 역할을 하는 대원들이 모두 같은 의견이었다. 멀리까지 가지 않아도 가벼운 발걸음에 반응하는 놈들이 속출했다.

평소에는·어떤지 몰라도 사냥을 할 때는 영역을 나누었던 이제까지의 자이언트 웜과는 달랐다.

물론 이동을 하지 않아도 되기 때문에 대원들이나 이계인들은 편할 것 같았지만 그렇지도 않았다. 한 놈을 집중적으로 공격하고 있는 와중에 다른 자이언트 웜이 습격을 해 온 것이다.

당연히 만약의 사태에 대비하고 있던 대원들이 즉각 반응을 했지만 그것도 두 마리가 한계였다.

한 번에 네 마리 이상이 반응을 하자 도저히 감당할 수가 없었고 결국 세 팀 모두 사냥을 포기하고 말았다.

근처에서 가장 거대한 암반 위에 모인 대원들은 앞으로의 사냥을 두고 서로 의견을 교환하다가 퍼슨을 앞세웠다.

"대장님, 어떻게 할까요?"

"자이언트 웜들이 몰려 있는 것을 보면 보스가 가까이 있는 것 같습니다. 이제 이 암반지대에서 본격적으로 사냥을 해 보도록 하지요."

여섯 개의 거대한 암석으로 이루어진 암반 지대의 주위는 온통 황무지였다.

"하지만 이대로라면 위험할 텐데……."

"놈들을 유인하는 것은 내가 직접 할 겁니다. 그리고 숨통을 끊는 것은 두 고문님, 타람, 데릭, 루크, 쿠엘린이 할 겁니다. 서로 적당한 거리를 두고 자리를 잡으세요. 달쿤, 로탄, 오르넬, 세르나는 대지의 정령으로 놈들의 머리 부분이 땅 밖으로 나오면 몸통을 조이거나 하는 방식으로 움직임을 굼뜨게 만들어요."

예지몽으로
히든랭커

딜러가 여섯 명인 데 반해서 정령사는 네 명이지만 그동안 정령 친화력을 빠르게 높여 온 달쿤과 세르나는 충분히 1인 2역을 할 수 있었다.

"마법사들은 공격 마법을 준비하고 있다가 놈들이 튀어나오는 순간 입안을 공격하세요. 로에나와 랄프는 정령사들과 마법사들을 지켜 주고 나머지는 마법이 발현되는 순간에 맞추어서 폭발 화살을 쏘거나 창을 던져 대미지를 입히세요."

그렇게 되면 플레이어들까지 포함한 모두가 자이언트 웜 사냥에서 일정한 업적을 세울 수 있었다.

그때 샤를이 손을 들었다.

"샤를, 말씀하세요."

"가까운 거리라면 창을 던지는 것도 나쁘지는 않겠지만 과연 의미가 있는 대미지를 줄 수가 있을까요?"

생각해 보니 맞는 말이다. 자이언트 웜은 금속을 소화시키지는 못해도 어지간한 무기로는 상처를 내기도 힘들고 설사 낸다고 해도 재생력이 높아서 금방 아물어 버렸기 때문이다.

"생각해 보니 샤를의 말이 맞군요. 그렇다면 이것을 드릴 테니 입안으로 제대로 던지십시오. 이건 충격을 받으면 전격을 방출하는 뇌전구라는 아이템이고, 이 붉은색 구체는 충격을 받으며 폭발하는 아이템입니다. 외피라면 몰라도 입안이나 운 좋게 몸 내부로 들어간다면 굉장한 타격을 줄 수 있을 겁니다."

가온이 아공간 주머니에서 꺼낸 것은 재사용이 가능한 뇌전구와 폭구로 폭구의 경우 익스플로전 마법에 해당하는 위력을 가지고 있었다.

　이럴 때를 생각해서 구입해 둔 것은 아니지만 지금 상황이라면 아주 유용하게 사용할 수 있을 것이다.

　"그럼 저희들도 창보다는 뇌전구와 폭구를 던지는 것이 나을 것 같아요."

　샐리의 말에 패터부터 랄프까지 모두 투창 대신 뇌전구와 폭구를 던지기로 했다.

　창으로는 동체의 지름이 1미터 이상에 길이가 7미터 이상이고 두껍고 질긴 외피를 가진 자이언트 웜에게 치명상을 입히는 것은 불가능했기 때문이다.

　미리 구입해 둔 뇌전구는 200개였고 폭구는 400개였다.

　"한 놈에 뇌전구 하나, 폭구 하나 정도면 충분하니 과하게 사용할 필요가 없습니다. 그러니 서로 순서를 정해서 투척을 하고 만약 실패할 경우 다음 사람이 한 번 더 던지는 것으로 하지요."

　혹시 하는 마음에 당부를 했지만 여기 있는 사람들은 전원 검광 실력자 이상이다. 당연히 수십 미터 거리에서 동체의 지름에 해당하는 커다란 아가리 안에 뇌전구나 폭구를 던져 넣는 것은 어렵지가 않았다.

　다만 놈의 이빨에 맞아서 튕겨 나올 가능성이 있었기에 숨통을 끊은 역할을 수행할 딜러들에게 실드 마법이 내장된 스크롤 세 장씩을 주었다.

손가락 사이나 검병을 감싼 가죽과 손목 보호대 사이에 끼워 두었다가 급할 때 다른 손이나 이빨로 찢으면 된다.

그렇게 제대로 사냥할 준비가 끝났다.

쿵! 쿵! 쿵!

가온은 일부러 힘을 주어 암반 주위를 뛰어다녔다.

역시 반응은 즉각 왔다. 얼마 전 이 근처에서 생물들이 움직이는 진동을 느끼고 몰려들었던 놈들 중 미적거리던 일부였다.

"루크!"

소리를 지른 순간 루크와 그의 양옆에 늘어선 사람들이 자이언트 웜을 맞이할 준비를 했다.

그리고 얼마 후 가온이 땅을 강하게 박차고 뛰어올랐다. 암반과는 불과 4미터밖에 떨어지지 않은 지점이었다.

"지금!"

퍽!

땅이 터져 나가며 자이언트 웜의 밝은 회색인 머리 부위가 솟아올랐다. 그리고 놈은 도약하는 가온의 몸을 단숨에 삼키려는 듯 입을 쩍 벌리고 있었다.

슉! 슉!

"파이어 볼!"

"파이어 볼!"

슛! 슛!

뇌전구 하나와 폭구 하나가 쩍 벌어진 입안으로 모습을 감추는 순간 마론과 이계인 마법사가 날린 붉은 화염 덩어리 두 개도 그 뒤를 따랐다. 그리고 마지막으로 촉 바로 윗부분이 둥근 기이한 화살 두 발이 입안 깊숙이 꽂혔다.

꽝!

츠즈즈즈.

꾸에에에엑!

폭구가 폭발하는 순간 폭발 화살들 역시 폭발해서 폭발력이 극대화되어 순식간에 입안을 엉망으로 만들었다.

질기고 두꺼운 외피도 내부의 폭발을 이기지 못하고 곳곳이 찢기고 구멍이 났다.

그런 상태에서 뇌전구가 전격을 방출하자 안 그래도 강력한 폭발로 엉망이 된 자이언트 웜의 머리 부위가 시퍼런 전격에 휩싸였다. 그리고 마법의 화염들이 여린 속살을 태우며 안쪽으로 확장하기 시작했다.

하지만 놈은 그 정도의 충격으로는 죽지 않았다.

폭발로 인해서 머리 부위에 몰려 있는 심장들 중 몇 개가 타 버리거나 터졌지만, 두꺼운 살덩이가 폭발과 화염이 심장에 닿는 것을 막아 준 것이다.

자이언트 웜은 처음 겪는 고통에 비명을 지르며 발광을 하다가 대가리를 땅에 파묻었다. 어떻게든 땅속으로 들어갈 생각인 것이다.

하지만 세르나가 소환한 대지의 정령이, 놈의 주둥이 밖으로 튀어나온 날카로운 이빨들이 땅에 박히는 순간 땅이 바위처럼 단단해지게 만들었다.

죽을 것 같은 고통과 땅의 순간적인 변화에 자이언트 웜이 공황 상태에 빠졌을 때 루크가 놈을 향해 날아 내렸다.

어느새 짙고 푸른 검기가 생성된 그의 대검은 꼼짝도 하지 못하는 놈의 머리 부위를 단숨에 베어 버렸다.

그게 시작이었다.

공중에서 한 번 몸을 튼 가온이 도약한 곳과 7미터 정도 떨어진 곳에 착지했다. 그리고 제자리에서 몇 번 뛰더니 소리를 질렀다.

"타람!"

이름이 불린 타람과 그 주위에 있던 사람들이 긴장과 흥분이 감도는 얼굴로 눈을 빛냈다.

"지금!"

공중으로 높이 도약하는 순간 그의 몸을 따라 자이언트 웜의 머리가 땅을 뚫고 치솟았다.

슉! 슉!

"파이어 볼!"

"파이어 볼트!"

잠시 후 놈의 머리 부위가 강한 폭발력에 강하게 흔들렸고 곧이어 여기저기가 찢기고 구멍이 난 놈의 몸은 시퍼런 뇌전에 휩싸였다. 그리고 뇌전이 새어 나오는 커다란 놈의 입안에는 붉은 화염이 보였다.

성질이 급한 타람은 놈이 땅속으로 도망가려는 동작을 하기도 전에 놈을 향해 도약했는데 그의 검에는 시퍼런 검기가 솟아나 있었다.

쩍!

단숨에 입을 포함한 머리의 가운데를 잘라 버린 타람이었지만 검을 거두지는 않았다. 이 정도로는 자이언트 웜의 숨통이 끊어지지 않는다는 사실을 잘 알고 있었다.

대검이 땅에 박히기 전에 먼저 착지한 그의 허리가 강하게 비틀리는 순간 몸이 반 바퀴나 회전을 하더니 대검이 아래쪽에서 위쪽으로 사선을 그리며 날아갔다.

가온은 오랜만에 점핑 앤 플라잉 스킬을 마음껏 발휘하면서 자이언트 웜들을 유인해서 대기하고 있던 사람들에게 차례로 끌어다 주었다.

대원과 이계인들을 능력과 역할에 맞게 선발해서 조를 편성했고 그동안 사냥해 온 경험이 있었기에 각 조는 자이언트 웜 한 마리 정도는 어렵지 않게 사냥할 수 있었다.

가온은 자이언트 웜이 한쪽으로 몰리지 않도록 섬세하게 유인을 하는 데 전념을 했다.

물론 간혹 그의 의도와 다르게 행동하는 개체들도 있었다.

하지만 그럴 때는 카오스와 녹스가 도와주었다. 놈의 진로 앞에 있는 흙을 순간적으로 단단히 결집시켜서 바위처럼 만들거나 전격을 방출해서 놈이 진로를 바꾸게 만든 것이다.

이제 이동할 필요도 없고 단번에 숨통을 끊을 수 있는 검기 완숙자들은 물론 가장 위험한 미끼 역할도 가온 혼자서 도맡다 보니 사냥의 효율이 엄청나게 증가했다.

해가 질 무렵.

사냥을 종료한다는 가온의 말을 들은 사람들은 진이 빠진 얼굴로 암반 이곳저곳에 아무렇게나 앉거나 누워 버렸다.

"에고! 죽겠다!"

한 사람이라도 실수를 하면 다른 동료들이 힘들어지기 때문에 바짝 긴장을 한 상태에서 거의 휴식도 취하지 못하고 몇 시간이나 사냥을 했기 때문에 긴장이 풀리자 전신에 힘이 빠져 버렸다.

"대체 몇 마리나 사냥한 거지?"

누군가의 질문에 아무도 대답을 하지 못했다. 전례 없이 많은 숫자를 사냥한 것은 알겠는데, 숨통을 끊은 직후 가온의 아공간 주머니 속으로 사라졌기 때문에 알 수가 없었다.

가온이 피식 웃으며 대답을 해 주었다.

"174마리입니다."

사람들의 눈이 튀어나올 듯 커졌다.

그동안 하루에 사냥한 자이언트 웜은 평균 32마리였다. 그런데 반나절 만에 5배가 훨씬 넘게 사냥했으니, 하루로 치면 대략 11배나 많이 사냥한 것이다. 경악할 수밖에 없었다.

놀란 것도 잠시 플레이어들이 홀린 듯 앞에 시선을 고정하더니 하나둘 환호성을 질렀다.

"와아아! 레벨이 3이나 올랐어!"

"명예 포인트가 435포인트야!"

사냥의 결과가 반영된 홀로그램이 뜬 것이다.

초랭커들에게 있어 레벨 업과 명예 포인트는 가장 큰 보상이다. 랜덤으로 획득하는 스킬이나 아이템에는 별 관심이 없었다.

꼭 필요한 스킬이나 아이템을 얻는 경우는 거의 없었기 때문이다.

하지만 명예 포인트만 충분하면 필요한 것들은 모두 갓상점에서 얼마든지 구할 수 있었다. 그러니 중요할 수밖에 없었다.

이계인들의 환호성에 대원들도 서둘러 갓상점에 접속했다.

탄 차원 사람들은 사냥을 통해 레벨 업을 하는 것도 아니고 상태창이 있는 것도 아니기에 갓상점에 접속해야만 자신이 명예 포인트를 얼마나 얻었는지 알 수 있었다.

그렇게 획득한 명예 포인트를 확인한 사람들의 얼굴에 짙은 미소가 떠올랐다. 어제까지와는 비교할 수도 없을 정도로 높은 숫자가 추가되어 있었기 때문이다.

가온에게도 홀로그램이 떴지만 일부러 대원들이 갓상점에 접속할 때 확인했다.

'호오! 미끼 역할만 했는데 공헌도를 높이 쳐주었네.'

레벨이 1이 올랐다. 이제 자이언트 웜 사냥 정도로는 레벨을 올릴 수 있는 가능성이 거의 없었지만 던전이라는 특수한 장소라서 이런 성과가 나온 것이다.

명예 포인트야 따로 올릴 방법이 있었다.

은신처로 돌아가서 아공간에 넣어 두었던 자이언트 웜 사체를 꺼내 파워드레인 스킬을 펼친 후에 갓상점에 올리면 많은 명예 포인트를 얻을 수 있을 것이다.

그렇게 몰이사냥은 힘은 들었지만 대원들이나 의뢰한 이계인들에게 모두 만족할 수 있는 결과를 만들어 냈다.

다음 날에도, 그다음 날에도 사냥은 이어졌다.

가온은 매일 첫날의 두 배에 달하는 뇌전구와 폭구를 사람들에게 나눠 주었다. 이제 이 정도는 부담 없이 구입할 수 있었기 때문이다.

자이언트 웜의 대규모 서식지가 근처에 있는지 자리를 이동하지 않아도 되었기에 어제와 비슷한 속도로 사냥이 진행되었다.

그렇게 오전 사냥이 끝났을 때 이계인들부터 시작해서 대원들은 결과를 확인하고 환호했다. 어제보다 30마리 정도를 더 사냥해서 그런지 비슷한 보상을 받은 것이다.

누군가는 기다리고, 또 누군가는 좀 더 나중에 나타나기를 기대했던 사건이 일어난 것은 점심을 잘 먹고 푹 쉰 후 다시 사냥을 재개하려고 했을 때였다.

미끼 역할을 하던 가온은 그 어느 때보다 강렬한 대지의 진동에 긴장할 수밖에 없었다.

'이건 틀림없이 자이언트 웜 보스가 움직이는 것이다!'

눈으로 보지 않아도 일반 자이언트 웜의 동체에 맞추어져 있는 굴보다 더 큰 동체를 가진 존재가 강제로 흙을 파헤치며 자신을 향해 빠르게 접근하고 있다는 사실을 알 수 있었다.

"모두 경계! 보스다!"

가온의 외침에 아직 휴식의 여운에서 벗어나지 못했던 사람들이 긴장한 얼굴로 대장이 달려오는 방향 쪽으로 늘어섰다.

보스라고 해도 사냥법은 다르지 않았다. 놈을 본 사람도, 상대해 본 사람도 없으며 들은 것이 하나도 없었기 때문이다.

파앗!

가온이 도약을 하는 순간 흙먼지가 사방으로 넓고 높게 날아가며 사람들의 시선을 가렸다. 그만큼 거대한 놈이라는 증거였다.

그 바람에 투척 임무를 맡은 대원들은 손에 들린 뇌전구와 폭구를 던질 수가 없었다.

그리고 눈앞을 가린 흙가루를 뚫고 허공에서 한 번 더 도약을 하는 가온을 따라 올라가는 자이언트 웜의 동체를 보았을 때 사람들은 자신도 모르게 입을 떡 벌릴 수밖에 없었다.

"저, 저게 자이언트 웜 보스?"

"미친!"

땅 밖으로 빠져나온 동체만 해도 길이가 무려 10미터가 넘었고 직경은 2미터에 달했는데, 외피는 마치 바위처럼 울퉁불퉁하고 단단해 보였다.

"위험해!"

그런 놈이 지옥의 심연처럼 깊은 커다란 입을 벌리고 가온을 삼키려고 했다.

그때 추력이 다했는지 공중에서 멈추었던 가온의 몸이 추락하려고 했다.

그리고 날카로운 창으로 이루어진 살벌한 이빨이 사방으로 돋아난 거대한 아가리가 그를 덮치고 있었다.

"끼아아악!"

금방이라도 추락하는 가온이 자이언트 웜 보스의 이빨에

처참하게 씹힐 것 같아서 몇 명이 비명을 질렀다. 물론 이계인들이었다.

하지만 온 클랜원들은 이제야 정신을 차렸다.

"곧 놈의 아가리가 이쪽으로 향할 테니 뇌전구와 폭구를 던질 준비를 해! 궁사들도!"

로에니의 외침에 대원들이 바로 준비 태세를 갖추었다.

과연 온 클랜원들의 믿음대로 가온은 허공에서 다시 한번 움직였다. 마치 허공에 보이지 않는 발판이라도 있는 것처럼 자연스러운 움직임이었다.

가온의 몸은 대원들이 있는 방향으로 빠르게 날아갔지만 곧 아래로 추락했다. 당연히 자이언트 웜 보스의 머리도 가온을 따라 아래쪽으로 휘어졌다.

그런데 갑자기 가온의 몸이 누군가 거세게 후려친 것처럼 옆으로 3미터 정도 이동했다.

그러자 대원들은 대장을 단숨에 삼키려던 자이언트 웜 보스의 아가리를 정면으로 올려 보게 되었다.

그때 로에니가 소리쳤다.

"쏴! 던져!"

슉! 슉! 슉!

슛! 슛! 슛!

뇌전구와 폭구에 이어서 폭발 화살 들이 검붉은 살점을 드러내고 있는 놈의 입안을 향해 날아갔다. 거기에 뇌전구와 폭구의 위력을 증폭시키는 전격 마법과 화계 마법 들도 그 뒤를 따랐다.

자이언트 웜 보스는 황급히 아가리를 닫았지만 이미 늦었다.

퍽! 퍽! 퍽!

츠즈즈즈.

푸시시.

놈의 입을 포함한 머리 부위가 순간적으로 부풀 정도로 강력한 폭발들이 연쇄적으로 이어졌고 속살들은 물론 외피 곳곳이 갈라지고 구멍이 뚫렸다.

그리고 그 틈으로 시퍼런 뇌전이 새어 나와 외피를 타고 꼬리까지 이어졌다.

사람들은 한시름 놓은 얼굴이었지만 자이언트 웜의 숨통을 끊는 역할을 수행했던 딜러들은 이 정도로 보스가 죽을 거라고는 믿지 않았다.

쩌저저정!

검명과 함께 딜러들의 무기에 검기가 생성되었고 나크 훈, 제어컨, 반 홀랜드의 검에서는 검사가 뻗어 나왔다.

그들은 전격이 가라앉기를 기다리지 않았다. 유형화된 오러 즉 검기나 검사는 전격의 영향을 받지 않은 것이다.

파앗! 퍽! 파앗!

섬뜩한 파육음이 이어지면서 안 그래도 엉망이 된 자이언트 웜 보스의 머리 부분이 걸레짝처럼 변했다.

특히 대거처럼 길고 날카로운 이빨들이 박혀 있는 주둥이 부위는 완전히 엉망이 되었다.

하지만 아직 놈의 심장 중 절반 이상이 제 역할을 하고 있었다.

점핑 앤 플라잉 스킬로 놈의 꼬리 쪽 부근에 착지한 가온은 놈의 목 부위가 급격히 부어오르는 것을 감지하고 벼락같이 소리쳤다.

"피햇! 실드!"

가온의 경고에 딜러들은 일제히 사방으로 몸을 날렸고 마법사들은 미처 피할 수가 없자 서둘러 실드 마법을 펼쳤다.

지이이잉.

마법사의 숫자만큼 생성된 실드가 중첩되자 이계인을 포함한 모든 사람이 실드 안에 들어갔다.

중첩된 실드가 서로 간섭을 하면서 기이한 소음이 발생하는 순간, 엉망이 된 보스의 입에서 검은 안개가 빠른 속도로 분출되었다.

주둥이가 멀쩡했다면 암반 위에 있는 사람들을 순식간에 덮쳤을 검은 안개는 추진력은 있었지만 통로가 엉망이 되는 바람에 넓은 범위로 방출되었다.

암반과는 대략 5미터 정도 떨어진 곳에서 방출된 검은 안개는 암반을 순식간에 녹였고 중첩된 실드들까지 녹여 버렸다.

일반 개체와 달리 암석까지 뚫고 다니는 자이언트 웜 보스의 숨겨진 능력이 산성액 브레스의 위력이었다.

중첩되었던 실드들이 브레스에 의해서 차례로 녹아서 사라지자 안에 있던 사람들의 얼굴이 파랗게 질렸다. 실드가 사라지는 속도가 너무나 빨랐기 때문이다.

-에잇! 바보들!

결국 녹스가 움직였다. 공포로 인해서 몸이 딱딱하게 굳은 사람들의 앞쪽에 검은색의 커튼을 친 것이다.

치지지지지.

검은 안개는 검은 커튼에 부딪히는 순간 마치 흡수당하듯 순식간에 사라지고 있었다. 녹스가 생성한 포이즌 커튼이 강산성액을 흡수해 버린 것이다.

가온 역시 예상하지 못했던 위험한 광경에 몸이 굳었다가 녹스가 독으로 이루어진 커튼을 만드는 순간 놈의 동체를 힘차게 박차고 날아올랐다. 그리고 그의 모습은 황급히 피한 딜러들의 눈에 그대로 들어왔다.

'위, 위험해!'

검사와 검기로도 놈의 급소인 머리 부위를 난자하지 못했기 때문에 다들 가온을 걱정했지만 그의 흑검에서 생성된 무언가를 본 순간 입이 떡 벌어지고 눈이 커졌다.

'오, 오러 블레이드!'

겨우 형상만 갖춘 정도가 아니었다. 검신과 동일하지만 검은색이 아니라 보석으로 만든 것처럼 다양한 빛을 발산하는 1미터 길이의 오러 블레이드였다.

파앗!

공중에서 자세를 바꾸어 떨어지는 가온의 오러 블레이드는 엉망이 된 머리 끝부분에서 대략 3미터 지점을 너무나 가볍게 베어 버렸다.

그게 끝이 아니었다. 반 정도 잘린 거대한 머리 부위를 오러 블레이드가 보이지 않을 정도로 빠르게 난자해 버렸다.

"소드마스터!"

누구보다 나크 훈이 가장 크게 놀랐다. 자신보다 조금 위, 즉 소드마스터에 막 입문한 정도일 거라고 생각했던 제자는 완벽한 오러 블레이드를 생성해서 사용할 정도의 성장한 것이다.

"휴우우~!"

누군가 참았던 숨을 토했다. 끔찍했던 자이언트 웜 보스를 결국 가온이 마무리한 것이다. 그것도 자신이 확실한 소드마스터임을 당당히 밝히면서 말이다.

자이언트 웜 보스가 죽자 신기한 일이 일어났다. 더 이상 자이언트 웜이 나타나지 않는 것이다.

"꼭 보스가 죽은 것을 알고 지하 깊숙한 곳으로 도망친 것 같아요."

나디아의 예상이 맞는 것 같았다. 쾌보를 익힌 대원들이 넓은 지역을 돌아다녔지만 자이언트 웜은 다시는 나타나지 않았다.

결국 사냥은 이렇게 끝이 났다.

물론 성과는 컸다. 어제는 그제보다 2배 이상 사냥을 했고 오늘도 오전에만 200마리가 넘게 사냥했다.

거기에 보스까지 사냥했고 대원들은 물론 이계인 모두 일정한 역할을 수행했다. 그러니 이계인들의 경우에는 명예 포인트와는 별도로 보스 사냥의 보상까지 받았고, 기대했던 것 이상의 명예 포인트를 획득할 수 있었다.

가온은 사람들이 쉬는 동안 홀로 지하로 내려갔다.

'카오스, 보스가 머물던 곳으로 안내해 줘.'

그곳에 차원석이 숨겨져 있을 것이다.

카오스는 어렵지 않게 놈의 서식지를 찾아냈다. 다른 놈들보다 거대한 동체를 가진 보스가 만든 굴을 따라가기만 하면 되었다.

자이언트 웜 보스의 거처는 거대한 공동이었는데 3분의 1 정도는 삼켰다고 소화를 하지 못한 금속 잔해들이 쌓여 있었다.

차원석은 공동의 벽 한쪽에 깊숙이 박혀 있어 쉽게 빼냈다.

이번 차원석은 일단 아공간에 넣어 두기로 했다. 생명의 아공간을 확장하는 데 쓸 예정이긴 하지만, 얼마 전에 확장을 했기 때문에 아직은 시기상조라고 생각한 것이다.

그렇게 차원석을 챙긴 가온은 혹시나 하는 생각에 심안 스킬을 발동한 후 서식지를 샅샅이 조사했다.

그 결과 한 가지 수확을 거둘 수 있었다.

'미스릴?'

지구에는 존재하지 않지만 탄 차원에는 미스릴이라는 금속이 존재한다. 모든 금속 중에서 마나 전도율이 가장 높아서 무구는 물론 마법진을 그릴 때 들어가면 최고의 효율을 기대할 수 있는 귀한 금속이다.

가온은 부식된 상태로 우그러지고 부서진 금속 더미 속에서 미스릴 특유의 기운을 느낀 것이다.

'이 던전이 본래 차원에 존재할 때 자이언트 웜을 사냥하러 온 기사나 마법사 들이 많았던 모양이군.'

그럼에도 불구하고 이렇게 금속 무기와 방어구 들이 거대한 공동의 3분의 1이나 채우고 있는 것을 보면 보스가 얼마나 강했는지 짐작할 수 있었다.

'나만 해도 칭호의 효과와 대원들과 정령들의 도움이 아니었다면 보스를 처치하지 못했을 거야.'

가장 크게 작용한 것은 바로 수중 던전에서 블러드히루도 보스를 잡은 후 얻은 '환형류 학살자' 칭호였다. 상대의 전투력은 3할 약화시키고 자신의 전투력은 3할 높여 주는 엄청난 효과를 가지고 있었다.

가온은 공동 한쪽을 채우고 있던 금속들을 모조리 아공간에 수납하는 것으로 자이언트 웜 사냥을 마무리했다.

⟨⟨⟨⟨⟨⟩⟩⟩⟩⟩

자이언트 웜 사냥을 통해서 얻은 보상 수준은 마핀 총보스를 사냥했을 때보다 낮았다. 블러드히루도를 사냥한 후 얻은 칭호 덕분에 그때보다는 수월하게 사냥할 수 있었다는 점이 고려된 것 같았다.

일단 레벨이 4 상승했다. 그 밖에 재차 '환형류 학살자' 칭호를 받아서 '상대 전투력 4할 약화, 본인 전투력 4할 강화'라는 사기적인 내용으로 업그레이드가 되었다.

그건 환형류에 한해서는 그야말로 적수가 없다는 것을 의미했다.

'환형류 마수를 다시 만날 가능성은 적지만 그래도 좋은 게 좋은 거지.'

스킬도 획득했는데 이번에도 역시 기존에 있던 스킬이라서 업그레이드가 되었다. 바로 '점핑 앤 플라잉' 스킬이었다.

'이것도 괜찮아.'

점핑 앤 플라잉

등급 : B → A
상세
- 초당 2의 마나를 소모하여 도약력과 민첩 스탯을 2배로 증가시켜 준다.
- 체공 시간이 5배로 증가하며 공중에서 20회까지 연속 동작을 구사할 수 있다.

이 정도면 굳이 거대화 스킬을 쓰지 않아도 오우거나 거대화한 마핀을 충분히 상대할 수 있었다. 그야말로 날개 없이 날아다는 것과 다름이 없었다.

마지막 아이템은 마핀 총보스를 사냥했을 때와 같은 스킬 진화권으로 F등급부터 A등급의 스킬을 진화시킬 수 있는 진화권 모음이었다.

'나한테 꼭 필요한 게 나왔네!'

갓상점에서도 마땅히 구입하고 싶은 스킬이나 아이템이 없을 정도로 진귀한 것들을 꽤 많이 보유한 가온으로서는 아주 반가운 선물이었다.

명예 포인트는 이번에도 얻지 못했다. 그래도 은신처로 돌아가면 사체를 대상으로 파워 드레인 스킬을 펼친 후 마정석을 적출하고 사체를 갓상점으로 넘길 예정이니 어느 정도는 얻을 수 있었다.

'이크!'

대원들이 또 걱정할 것 같았다. 가온은 서둘러 대원들이 있는 곳으로 달려갔다.

은신처로 귀환한 사람들의 분위기는 최고였다. 특히 보상을 확인한 플레이어들의 기분은 날아갈 것 같았다.

"이 정도면 던전 클리어에 제대로 기여를 했겠지?"

"당연하지. 자이언트 웜을 사냥하면서 다들 최소 10레벨 이상 올랐고 명예 포인트도 500이 넘게 획득했잖아."

"여기에 죽음의 군단을 상대하면 더 많은 업적을 세울 수 있을 거야."

"맞아. 토벌군은 모르지만 우리와 온 클랜이 던전 클리어에 가장 높은 업적을 세웠으니 유종의 미를 거두어야지."

샤를이 이끄는 그룹의 초랭커들은 같은 초랭커들 사이에서도 레벨이 낮은 편에 속했다.

지원이 약해서가 아니라 타이밍이 맞지 않아서 초반에 레벨 업 속도가 좀 늦었던 것이다.

하지만 정보 던전에 들어와서 선두 그룹까지는 아니지만 중간 그룹까지는 충분히 치고 올라갔다.

플레이어들은 이게 모두 온 클랜에 합류한 덕분이라고 생각했다.

끝까지 3왕자군에 남은 초랭커들도 죽음의 군단과 싸우면서 열심히 레벨을 올리고는 있었지만, 제대로 된 전장에서 활약할 수 있는 실력이 아니었기에 레벨 업은 쉽지 않았다.

"그것만이 아니지. 매 끼니마다 먹는 것들이 모두 마나를 올려 주는 영약이라서 내 경우에는 그동안 늘어난 마나만 해도 40이 넘는다고."

"맞아! 그것도 있지. 온 클랜과 동행하길 정말 잘했어!"

"내 말이! 온 대장의 지휘 능력이나 사냥 능력은 최상급이어서 포션조차 쓸 일이 없었잖아."

"그러니까 저 세 명은 일반 캡슐로도 우리와 비슷한 레벨업을 했겠지. 정말 운이 끝장나는 사람들이야."

플레이어들은 가온에게는 경외의 시선을, 헤븐힐 일행에게는 질투의 시선을 던졌다.

하지만 그들은 세 사람이 그동안 얼마나 노력했는지는 정작 알지 못했다.

식사 후 혼자만의 시간을 갖게 된 가온은 스킬 진화권을 어떻게 사용할지 벼리와 의논을 했다.

'이번에는 마법들을 진화시키는 건 어떨까?'

─전 반대예요. 제가 오빠와 별도로 마력을 움직여 마법을 발현한다고 해도 오빠의 현재 무위를 보면 굳이 마법을 동시에 펼칠 필요성이 거의 없거든요.

그렇긴 하다.

─차라리 주력으로 사용할 스킬들을 집중적으로 진화시키

예지몽으로
히든랭커

면 어떨까요?

'F스킬 중 하나를 S급으로 올리자는 거야?'

─그것도 한 방법이지만 A등급 스킬 중 하나를 S급으로 만드는 편이 나을 것 같아요.

생각해 보니 검술이 A등급이니 이번 기회에 S급으로 만드는 것이 좋을 것 같았다.

'좋아! 해 보자!'

진화권이 있으니 다량의 명에 포인트를 사용해서 생소한 검술을 구입하지 않고 자신의 것이 되어 가고 있는 철월검술을 진화시키는 편이 백번 나은 판단이었다.

가온은 바로 스킬 진화권을 써서 철월검술을 S등급으로 진화시켰다.

순간 머릿속에 철월검술의 이론 내용은 물론 검초와 검형이 뒤죽박죽 섞이는가 싶더니 어느 순간 정리가 되기 시작했다.

"오오!"

가온은 새로 정립된 철월검술의 이론에 경악했다. 특별한 점을 전혀 알지 못하고 지나쳤던 글귀가 새로운 내용을 담고 있는 것은 물론 전체 내용에 대한 이해도가 차원이 다를 정도로 높아진 것이다.

검술에 대한 이해도가 높아져서 그런지 나크 훈이 전수하지 않았던 내용도 새롭게 깨닫게 되었다.

'철월검술은 좌공뿐 아니라 동공인 마나 연공술을 포함하고 있었어.'

좌공인 철월연공법뿐 아니라 호흡과 초식을 일치시키면서 검술을 펼치면 마나가 축적이 되는 동공의 묘리까지 포함되어 있었다.

'보법도 있었구나.'

가온이 나중에 '철월보'라고 부르는 전용 보법도 포함이 되어 있었는데, 어지간한 상대는 철월보만으로도 공격을 피할 수 있을 정도로 뛰어나고 기기묘묘한 오의를 가지고 있었다.

가장 큰 변화는 충분히 이해를 했다고 생각은 했지만 아직 제대로 펼치지 못하고 있는 철월강검의 내용이 손에 잡힐 듯 또렷해졌다는 점이다.

지금이라면 오러 블레이드를 사용하는 철월강검을 무리 없이 펼칠 수 있을 것 같았다.

'본래 S등급의 검술이었던 건가?'

숨겨져 있던 오의들을 깨달은 순간 가온은 철월검술의 초식들이 가진 진정한 가치를 새롭게 인지할 수 있었다. 단순히 초식의 전환을 위해 존재한다고 생각했던 동작 하나마다 다른 의미가 존재했다.

새롭게 깨달은 철월검술은 정말 대단했다. 나크 훈에게 전수를 받았을 때는 중검(重劍)이라고 생각했지만 쾌검(快劍)에 해당하는 묘리들이 숨어 있었다.

이건 새롭게 진화했다기보다는 원래부터 이 정도로 대단한 검술이었다는 증거였다.

'스승님은 책을 통해서 철월검술을 익혔으니 A등급이 한계였을 가능성이 높아.'

원래 검술을 포함한 무술은 스승의 실연과 설명을 통해서 전수가 되어야만 하는데 전승자가 없어서 할 수 없이 검술을 책의 형태로 남기다 보니 초식에 숨겨져 있는 오의나 비의가 누락되거나 제대로 설명이 되지 못한 것이 아닐까 싶다.

그에 대한 증거는 확실했다. 금기와 검술에 대한 이해도가 높아져서 그런지 나크 훈이 전한 내용에는 없는 다양한 활용법이나 초식의 오의에 대한 깨달음이 꼬리에 꼬리를 물고 이어졌다.

가온은 명상을 통해서 이번에 철월검술을 진화시킨 후 새롭게 깨달은 내용을 철저하게 정리한 후에 상태창의 변화를 확인해 보았다.

'역시!'

A등급 4레벨이었던 철월검술은 S등급으로 진화한 것은 물론 단숨에 2레벨이 되어 버렸다.

변화는 그것만이 아니었다. 별도로 등록되었던 강격, 연속베기, 일점 찌르기는 물론이고 쾌검류이자 같은 A등급이었던 소드커튼 스킬까지 모두 철월검술에 융합된 것이다.

그런 변화는 원래 철월검술의 초식 안에도 강격이나 연속

베기와 같은 스킬들이 녹아 있었지만, 스승인 나크 훈은 물론 자신도 모르고 있었다는 사실을 알게 해 주었다.

진화한 철월검술을 대충 정리하고 나자 묵묵히 기다리고 있었던 벼리가 의념을 전해 왔다.

―축하해요, 오빠!

'그래, 고맙다.'

―이제는 남은 스킬 진화권을 사용할 차례예요.

'뭘 진화시키면 좋을까?'

―아까 말씀드린 대로 지금까지 자주 사용하는 스킬 중 하나를 연속해서 진화를 시키면 어떨까 싶어요.

그러려면 자신이 이제까지 주력으로 활용하는 스킬에 대해서 파악을 해야만 했다.

―예컨대 오빠가 자주 사용하는 쾌보 혹은 무음보를 A급으로 만들면 활용도가 굉장히 높을 거예요.

확실히 최근에는 쾌보를 많이 사용해 왔다.

가온은 큰 고민을 하지 않고 현재 C등급인 쾌보를 A등급까지 올렸다. 그리고 나머지 진화권을 써서 E등급이었던 질주 스킬을 C등급으로 올렸다.

이제 F등급을 E등급으로 높일 수 있는 스킬 진화권이 한 장 남았지만 쓸 곳이 없었다.

'이제 상태창의 내용이 좀 충실해졌네.'

S등급은 물론 A등급들 스킬들이 꽤 많이 보여 기분이 날

아갈 것 같았다.

스킬을 정리한 가온은 이번에는 아공간에 넣어 두었던 자이언트 웜 사체를 대상으로 파워드레인 스킬을 펼친 후 갓상점에 올려 판매하는 작업을 반복했다.

그 결과로 명예 포인트를 684,000까지 끌어 올렸다.

'오늘은 그만!'

갓상점을 둘러보다 보면 반드시 뭔가를 구매하게 될 것이다. 그만큼 사냥이나 자기 개발에 도움이 되는 것들이 많았다.

사냥을 통해 얻은 업적과 전리품으로 자신의 발전 상황을 확인하는 의미 있는 시간을 가진 사람은 가온만이 아니었다.

밖으로 나간 가온은 저마다 편한 자세로 앉아서 눈앞의 허공을 바라보면서 뭔가 중얼거리는 사람들을 볼 수 있었다.

온 클랜원들은 물론 플레이어들까지 갓상점에 접속해서 뭔가를 하고 있었다.

다들 심각한 얼굴이기는 했지만 흥분으로 인해 눈이 빛나고 있었다. 자이언트 웜들과 보스를 사냥하는 데 일조한 결과로 얻은 명예 포인트는 본인이 그동안 봐 둔 쓸모 있는 스킬이나 아이템을 구입할 수 있을 정도로 높다는 증거였다.

가장 먼저 자기 개발 과정을 마친 사람은 헤븐힐이었다.

"좋은 일이라도 있어?"

환한 미소를 지은 채 다가오는 헤븐힐의 미모는 굉장히 매력적이었다.

"호호호. 그럼요. 제 트라우마를 해결했어요!"

헤븐힐의 트라우마라면 혈액공포증이다.

"괜찮아진 거 아니었어?"

"괜찮아진 것 같다가도 어느 순간 피를 보면 숨이 가빠지고 매스꺼우며 온몸에 힘이 빠지더라고요."

그동안 티를 내지 않아서 극복을 한 줄 알았더니 아니었던 모양이다.

"하지만 이젠 완전히 극복했어요. 이번에 얻은 명예 포인트로 아이언 하트 스킬을 구입했거든요."

이름만 들어도 어떤 스킬인지 짐작이 갔다.

의사에게 꼭 필요한 부동심(不動心)을 강화시켜 주는 종류의 스킬로 보였다.

"그쪽 세상에서도 적용이 되면 좋겠는데……."

"그러게요. 그래도 현재 제 생활은 탄 차원이 중심이니 별 불만은 없어요. 곧 프리우스급 캡슐을 사용하게 되면 내내 대장님과 같이 보낼 수 있잖아요."

"가족들이 걱정하지 않을까?"

"걱정이야 하시겠지만 큰 문제는 없어요. 부모님도 주기적으로 어나더 문두스, 아니 탄 차원으로 오시는 데다가 텔레포트가 대중화되면서 시간이 나면 언제라도 찾아뵐 수 있으니까요."

그렇게 생각한다면 다행이다.

"그리고 이제는 온 클랜원으로 제대로 활약할 수 있을 것 같아요. 이번에 광범위 디버프 스킬까지 익혔거든요."

"굉장하네. 수고했어!"

상대의 능력을 낮추는 디버프는 아군의 능력을 높여 주는 버프만큼이나 대단한 스킬이다.

그런 얘기를 하고 있을 때 갓상점의 접속을 끊은 매디가 대화에 끼어들었는데, 미리 헤븐힐과 얘기가 되어 있었는지 그녀 역시 디버프에 해당하는 저주 스킬을 새로 구입해서 익혔다고 했다.

'이렇게 되면 버퍼 겸 디버퍼를 둘이나 보유하게 되는 건가.'

그것만으로도 온 클랜의 전력은 크게 높아진다. 시간제한은 있지만 상대적인 전력이 급상승하기 때문이다.

'나도 저주 스킬을 익혀야겠네.'

다만 사령술에 속하는 저주는 사제의 그것과 달리 디버프라기보다는 상대의 정신을 서서히 붕괴시키는 쪽이기는 했지만, 스킬 등급을 높이면 얼마든지 비슷한 효과를 낼 수 있었다.

그렇게 자이언트 웜 보스 사냥을 성공리에 마친 사람들은 전리품을 즐기는 시간을 보냈다.

별동대

그렇게 온 클랜이 자이언트 웜을 사냥하는 동안 달리아 고원의 전황은 하루가 다르게 바뀌고 있었는데 토벌군의 위세가 급격히 높아졌다.

그건 새로 합류한 코벨리아 대마법사가 이끄는 흑마법사들 덕분이었다.

비록 구울이 아니라 본 언데드가 전부였지만, 리치가 이끄는 죽음의 군단을 상대하는 데는 의외로 큰 도움이 되었다.

아군 본 언데드들이 수가 10만에 달하는 죽음의 군단의 군세를 어느 정도 상쇄시켜 주었기 때문이다.

게다가 코벨리아는 7서클 흑마법사답게 흑마법진을 이전보다 빠르게 소멸시키는가 하면 다양한 언데드를 상대로 약화 등의 저주를 광범위하게 거는 방식으로 토벌군의 사기와 전투력을 높여 주었다.

토벌군은 아르네시아 왕국의 정예들이다. 용병들도 포함되어 있었지만 실력이 되지 않으면 던전에 입장을 할 수 없었다.

당연히 개인의 무력은 언데드들에 비할 바가 아니다. 수로 밀어붙이는 상대를 아군 언데드가 1차로 막아 주니 대사제들의 축복과 가호를 받은 토벌군이 마음 놓고 활약할 수 있었다.

이계인들도 어느 정도 활약을 하고 있었다. 비록 상대의 전열을 무너뜨리는 위험한 임무였지만 부활이 가능한 만큼 용감하게 언데드를 상대한 것이다.

가온이나 나디아는 매일 호론과의 통신을 통해 확보한 정보를 토대로 머지않아서 양측이 대격돌을 할 거라고 판단했다.

'물론 토벌군의 승리로 끝나겠지.'

이레귤러인 자신의 존재를 제외하면 변수는 없었다. 당연히 상황은 예지몽대로 흘러갈 것이다.

리치가 몇 서클인지는 알 수 없지만 토벌군 측에 7서클의 흑마법사와 그의 제자들이 합류했다는 사실만으로도 승세는 토벌군 측에 기울기 시작했다.

코벨리아를 제외하더라도 나중에 합류한 고위급 마법사들

과 고위급 사제들 그리고 최소한 10명 이상인 소드마스터의 전력을 생각하면 더욱 그랬다.

마음이 급했다. 그래서 보상으로 획득한 스킬 진화권을 사용해서 F등급이었던 스켈레톤 제작술을 D까지 올렸고 D등급이었던 구울 제작술을 A등급으로 올렸다.

그런 후 저녁 식사 후에는 자신과 정령들의 아공간에 넣어 두었던 마핀의 사체를 이용해서 구울을 제작하기 시작했다.

다음 날부터 가온은 새벽 수련을 제외하고는 하루 종일 언데드 제작에 몰두했다.

대원들은 그동안 획득한 명예 포인트로 구입한 스킬들을 수련하느라고 정신이 없었다.

언데드를 연성하는 데 필요한 흑마력은 걱정할 필요가 없었다. 치환 반지를 통해서 다른 에너지를 흑마력으로 돌려서 사용했다.

그렇게 언데드 제작에 몰두한 결과 나흘 만에 다크 스켈레톤 4천 마리, 거대 구울 470마리, 마핀 보스 구울 2,300마리, 일반 마핀 구울을 12,200마리까지 맞출 수 있었다.

언데드만 무려 2만에 달하는 엄청난 전력이 만들어진 것이다.

'이제 준비는 끝났어!'

자이언트 웜 보스를 해치우는 즉시 달리아 고원으로 전장을 옮겨 복수를 한 후 토벌군과 죽음의 군단이 마지막 일전을 치를 때 거하게 뒤통수를 치겠다는 계획은 착착 이행되고 있었다.

가온은 늦었지만 자이언트 웜 사냥으로 지친 대원들에게 휴식을 주고 싶었다.

하지만 그럴 수가 없었다. 언데드의 연성을 마친 당일 저녁, 토벌군의 호론과 통신을 한 제어컨이 기다렸던 정보를 전한 것이다.

"가제타와 레너드가 포함된 별동대의 동선이 확인됐어!"

그동안 두 사람이 별동대를 이끌고 꽤 활발하게 활동하고 있다는 사실은 알고 있었지만, 토벌군에서 그리 중용받지 못하고 있던 호론은 그동안 그들의 구체적인 동선을 제대로 알지 못하고 있었는데 드디어 확실한 정보를 알려 온 것이다.

"어디입니까?"

가온에 앞서 시퍼런 눈빛을 뿜어내고 있던 나크 훈이 물었다.

"토벌군 쪽을 기준으로 우측 최전방이래. 중앙은 언데드를 이끄는 흑마법사들에게 맡기고 좌우측은 사제들이 포함된 별동대들을 운용해서 흑마법진을 파훼하면서 상대를 압박하려는 전술을 사용하는 것 같아."

토벌군이 어떤 전술을 사용하는지는 관심이 없었다. 가온이 궁금해했던 것은 두 배신자의 동선이었다.

"죽음의 군단 측이 밀리고 있는 거 맞죠?"

"그런 것 같아. 수준은 낮지만 같은 언데드를 보유한 데다가 이쪽은 상성에 있어 언데드에게 우위를 차지하는 사제들까지 포함되어 있으니까."

매디의 질문에 나디아가 대답했다.

언데드의 물량 공세는 등급은 낮지만 같은 언데드로 막고 뛰어난 기사 전력과 마법사 전력으로 하여금 고위급 언데드를 전담하는 토벌군의 전술은 효과적이다.

그 증거로 흑마법사들의 합류 이후 토벌군은 하루에 대략 5킬로미터에 해당하는 거리를 진군하고 있었다.

"이대로라면 일주일 정도면 리치의 본군과 토벌군이 격돌하게 될 것 같다고 하네."

제어컨 고문이 호론의 예상을 전했다.

"우리도 준비를 해야겠군요. 그 전에 배신자들을 단죄하고요."

"말이 나왔으니 말인데 별동대를 어떻게 상대할 생각이오, 대장?"

제어컨은 처음 합류했을 때만 해도 가온을 후배의 제자로 대했지만, 자이언트 웜 사냥을 하는 과정을 거치며 반존대를 하고 있었다. 가온을 인정한 것이다.

"별동대를 상대할 생각도, 대원들을 전부 동원할 생각한 없습니다."

"그럼?"

"제가 사령술을 익히고 있다는 사실은 잘 아실 겁니다. 며칠 동안 스켈레톤들을 만들었습니다. 적당한 곳에 숨어 있다가 별동대가 언데드들을 토벌한 직후 제가 만든 스켈레톤들을 풀어놓을 생각입니다."

전투가 끝났다고 긴장을 푼 별동대에게는 날벼락이나 다름없는 혼란스러운 상황이 될 것이다.

"별동대가 갑자기 나타난 스켈레톤들로 인해 주의가 분산되었을 때 가제타와 레너드를 유인한 후 나와 스승님이 두 놈을 처치할 생각입니다. 굳이 별동대까지 처리할 생각은 없으니 최대한 빨리 두 배신자를 처리하고 철수할 생각이고요."

"너무 허술한 작전인 것 같아요."

가온이 자신의 생각을 밝히자 딜러들은 고개를 끄덕이는 반면 몇 사람은 고개를 저었고, 나디아가 그들을 대표해서 이의를 제기했다.

"허술한 부분을 어떻게 채우면 될까?"

가온은 어디가 허술한지 궁금하지 않았다. 허술하면 보완을 하면 그만이니까.

"일단 두 배신자가 텔레포트 스크롤을 사용할 수 있으니 그 부분에 대한 방비부터 생각해야 할 것 같아요."

"맞아요. 다 잡아 놓고 일을 그르칠 순 없지요. 갓상점에서 일정한 공간을 대상으로 짧은 시간이지만 마력을 사용하지 못하게 하는 1회성 아이템을 본 것 같아요. 그것을 구입해야 해요."

"그리고 별동대와 두 사람을 확실하게 분리할 수 있는 방안도 강구해야만 해요."

"거기에 가제타와 레너드를 확실하게 유인할 수 있는 방안도 필요해요."

나디아와 매디는 물 만난 고기처럼 대화를 하면서 허술했던 작전을 보완하기 시작했다.

'확실히 나 혼자보다는 여러 사람이 머리를 맞댄 결과가 훨씬 낫네!'

두 사람이 보완한 결과물은 완벽했다.

가제타와 레너드는 처음과 달리 별동대 활동에 열심이었다.

위기 상황에서 온 클랜만 놔두고 귀환한 벌로 외곽의 흑마법진을 소멸시키는 임무를 수행하는 별동대로 좌천을 당한 두 사람은 처음에는 임무 수행에 불성실했다.

별동대의 대주도 아카데미 후배인지라 별다른 요구도 하지 않아서 편하게 지낸 것이다.

하지만 시간이 갈수록 출현하는 언데드의 종류도 다양해지고 등급이 높아지면서 상황이 변했다. 하루에 획득하는 명예 포인트가 획기적으로 높아졌기 때문이다.

　본래 권력욕과 명예욕은 물론이고 재물욕까지 강했던 두 사람은, 일반 언데드와 달리 등급이 높은 스펙터나 트롤 구울 혹은 오우거 구울 등을 처리하면 상당한 명예 포인트를 획득할 수 있다는 사실을 확인하자 임무에 적극적으로 임했다.

　소드마스터 입문자와 검기 완숙자인 만큼 두 사람의 태도가 적극적으로 변하면서 별동대는 이전에 비해 높은 업적을 세우기 시작했고, 그 결과는 잃었던 신뢰를 조금씩 되찾는 데 그치지 않고 꽤 많은 명예 포인트를 획득할 수 있었다.

　'반드시 비행 아이템을 사고야 말겠어!'

　'갓상점에는 소드마스터가 될 수 있는 영약과 스킬이 분명히 있을 거야!'

　두 사람의 의도가 무엇이든 사제와 마법사를 포함해서 100명의 대원을 이끄는 별동대장인 파르렌은 토벌군 수뇌부가 내리는 명령을 완수할 수 있어서 기분이 좋았다.

　오늘도 마찬가지였다. 사제와 마법사 들이 흑마법진을 소멸시키는 동안 여느 때와 마찬가지로 다양한 종류의 마수 구울과 스펙터 등의 언데드를 상대하는 과정에서 가제타와 레너드는 하이에나 무리를 상대하는 사자처럼 날뛰었다.

　별동대원들 모두 고생을 한 결과이기도 하지만 얼마 전부터 사람이 변한 것처럼 날뛰는 두 사람 덕분에 오늘 임무도 성공했다.

"다들 고새, 헉!"

이곳을 방어할 부대가 도착할 때까지 휴식을 취할 것을 지시하려던 파르렌은 갑자기 땅에서 솟아난 것 같은 수백 마리의 스켈레톤이 출현하자 경호성과 함께 눈을 끔뻑였다.

'대체 어디에서 나타난 거지?'

언데드가 이런 식으로 출현한 것은 처음이다.

'이제까지 본 스켈레톤과는 달라. 설마 변이한 오크가 베이스일까?'

나타난 스켈레톤은 검은색 뼈로 만들어졌는데 오크를 확대한 몬스터가 베이스인 것 같은데 키만 대략 3미터에 달했고 대거를 연상시키는 길고 날카로운 손톱을 가진 것은 물론이고 관절이 없는 뼈다귀임에도 불구하고 움직임이 상당히 민첩했다.

"다크 스켈레톤이다!"

검은 뼈로 만들어진 스켈레톤은 일반 뼈로 만들어진 일반 스켈레톤에 비해서 뼈의 강도가 훨씬 높고 지능도 높은 편이라서 등급 자체가 달랐다.

"맙소사! 거대 오크 스켈레톤이다!"

"오크가 저렇게 크다니! 변이 오크 전사장급의 뼈로 만든 스켈레톤이야!"

마핀을 상대해 본 경험이 없는 별동대원들은 새로 나타난 스켈레톤의 재료가 마핀의 것이라고는 생각하지 못했다. 그저 몸집이 거대해진 변이 오크 중 전사장급의 뼈로 만들어진 스켈레톤이라고 생각했다.

긴장을 풀고 있었던 별동대는 새로운 종류의 스켈레톤들이 출현하자 크게 놀랐지만 금방 태세를 갖추었다.

원래 정예로 구성되었고, 이미 수십 차례에 걸쳐 스켈레톤을 상대했던 별동대원들이라 언제 긴장을 풀었나 싶게 빨리 전투태세를 취했지만, 마핀을 베이스로 만들어진 스켈레톤은 삽시간에 별동대를 에워싸고 말았다.

"홀리 레인!"

"홀리 라이트!"

성수가 이슬비처럼 내리고 신성한 빛이 스켈레톤들에게 쏟아졌다.

기대했던 대로 마핀 스켈레톤들은 사제들의 신성 마법에는 괴로워했지만 그렇다고 전투력을 잃을 정도는 아니었다.

"파이어 볼!"

"파이어 스톰!"

마법사들의 공격 마법 역시 기대만큼의 타격을 주지 못했다. 인간의 뼈로 제작된 스켈레톤들과 달리 마핀의 단단하고 굵은 뼈로 만들어진 스켈레톤들은 방호력이 훨씬 더 강했기 때문이다.

물론 그렇다고 해도 본래 부상자가 나올 경우를 대비해서 설치해 둔 신성 결계를 단숨에 부술 정도는 아니었기에 토벌대는 위험한 상황이 되면 안에 들어갔다가 다시 나오는 등 결계를 이용해서 효과적으로 포위하고 있는 스켈레톤을 상대하기 시작했다.

　출현한 것은 스켈레톤이 전부였기 때문에 굳이 별동대 수뇌부는 나서지 않고 지켜보기만 했다. 물론 그렇지만 사태는 예의 주시하면서 대기하고 있었다.

　별동대장인 파르렌은 고심에 잠겼다.

　'다들 꽤 힘을 소진한 상태에서 새로운 스켈레톤이 나타나다니. 변종 오크로 만들었다고 해도 어차피 스켈레톤이라서 처리하기 어려운 상대는 아니지만 숫자도 많고 대원들이 힘을 많이 소진한 상태라서 대기하고 있는 부대가 올 때까지 이놈들까지 처리하기는 어려울 것 같은데 어쩌지?'

　한두 마리라면 모르지만 빠르게 숫자가 늘어나고 있는 스켈레톤들은 어느새 토벌대원들이 방벽처럼 사용하고 있는 신성 결계를 포위한 상황이다.

　그가 확인한 숫자만 해도 최소 300마리가 넘었다.

　물론 별동대원들의 전력이나 신성 결계 덕분에 한동안 버티는 건 가능했다.

　어쨌거나 자신 역시 검기 완숙자였고 검기 입문자 이상만 해도 20명이 넘으니 말이다.

하지만 상황이 좋지 않았다.

가제타와 레너드가 날뛴 덕분에 토벌이 빨리 끝났기 때문에 몇 킬로미터 밖에서 대기를 하고 있다가 연락을 받으면 토벌을 마친 지역에 주둔할 부대가 도착할 때까지 버티는 건 어려울 것 같았다.

게다가 더욱 불안한 건 갑자기 나타난 스켈레톤의 베이스가 변이 오크로 추정되어서 그런지 사제들이 시전하고 있는 신성 마법에 큰 타격을 받지 않고 있다는 점이다.

거기에 다크 스켈레톤이라서 그런지 그동안 상대해 왔던 인간 베이스의 평범한 스켈레톤보다 강력한 전투력을 가지고 있었다.

'아무래도 철수해야겠다!'

고심하던 파르렌이 막 철수 명령을 내리려고 했지만 상황이 급변했다.

복수

갑자기 스켈레톤들의 뒤편으로 체고가 7미터 이상인 거대한 스켈레톤 두 마리가 나타났다. 한 마리는 다른 놈에 비해서 약간 작았지만 그래도 굉장히 거대했다.

"스켈레톤 보스다!"

"세상에! 스켈레톤이 황금 봉을 들고 황금 관을 쓰고 있어!"

누군가의 말대로 거대한 스켈레톤 두 마리는 한 손에 순금으로 만든 것으로 보이는 거대한 황금 봉을 쥐고 있었고 머리에는 황금 관을 쓰고 있었는데 워낙 머리가 크다 보니 금관 역시 거대했다.

스켈레톤 보스 두 마리는 변이 오크 스켈레톤에 비해 거대한 뼈와 해골을 가지고 있었지만, 이상하게 보스다운 강력함은 느낄 수가 없었다.

거대한 몸집과 달리 방사하고 있는 투기도 일반 개체와 비슷한 정도에 불과했다.

키로 보면 트롤이나 오우거가 베이스인 것 같지만 골격을 보면 그보다는 오크에 가까웠다.

별동대원들은 저 두 스켈레톤의 베이스가 몸이 거대화된 변이 오크 족장이 아닐까 생각했다.

방사하는 투기로 봐도 그렇지만 별동대의 실력자들은 검기를 능숙하게 사용할 수 있기 때문에 트롤이나 오우거의 뼈로 만든 스켈레톤이 아니라면 처리하는 것은 그리 어렵지 않다고 생각했다.

'명예 포인트!'

모두의 얼굴에 떠오른 표정은 짙은 욕망이었다. 수십 킬로그램에 달할 것으로 추정되는 금은 덤이었다.

아니, 황금 봉과 황금 관은 어쩌면 고대의 유물일 수도 있었다. 스켈레톤들의 베이스가 거대화 쪽으로 변이가 된 오크로 보이지만 저렇게 거대하면서 섬세한 예술품을 만들어 낼 능력은 당연히 없을 테니 말이다.

그때 갑자기 두 사람이 순식간에 땅을 박차고 날아오르더니 별동대를 포위하고 있는 스켈레톤들의 두 개골을 몇 번 밟고 밖으로 뛰쳐나갔다.

바로 가제타와 레너드였다.

"큰 놈은 내 거다!"

"작은 놈은 제 겁니다!"

그런데 희한한 일이 벌어졌다. 스켈레톤들을 지휘하기 위해 나타난 것으로 보였던 거대한 스켈레톤들이 두 사람이 포위망을 빠져나오는 모습을 보더니 마치 두려워하는 것처럼 도망을 치기 시작한 것이다.

욕심 때문에 자신들도 모르게 신성결계 밖으로 꽤 많이 나갔던 토벌대원들이 결계 안으로 돌아가면서 불만을 토해 냈다. 저 두 사람이 나선 이상 자신들에게는 기회가 없다는 사실을 알고 있는 것이다.

그런 별동대원들은 불만을 터트렸다.

"제기랄!"

"욕심은 많아 가지고!"

두 사람은 그동안의 토벌에서 가장 많이 활약하기는 했지만 별동대에 제대로 녹아들지 못하고 겉돌았기 때문에 욕심을 부리는 모습에 별동대원들은 눈꼴시었다.

가제타와 레너드는 고대 유물로 보이는 황금 관과 황금 봉을 차지하는 것은 물론 명예 포인트를 독식할 욕심 때문에 결계를 빠져나와 단숨에 50여 미터를 달렸다.

신성 결계를 중심으로 서너 겹이나 에워싸고 있는 스켈레톤의 포위망을 순식간에 벗어난 두 사람은 도망을 치고 있는 거대 스켈레톤들을 보고 비릿한 미소를 지었다.

전의까지 잃은 언데드는 두 사람에게는 그야말로 밥이나 다름없었다.

"어딜 가려고!"

두 사람은 두 다리에 마나를 퍼트려서 달리는 속도를 배가했다. 아무리 보스이고 뼈가 거대하다고는 해도 스켈레톤이 도망을 쳐 봐야 마나를 사용하는 두 사람의 속도를 떨칠 수는 없었다.

하지만 가제타와 레너드는 거대 스켈레톤을 쫓아가는 동안 지형이 아래쪽으로 꽤 경사가 져 있었기 때문에 스켈레톤들을 상대하고 있는 별동대원들의 시야에서 자신들이 사라졌다는 사실은 짐작하지 못했다.

그렇게 거대 스켈레톤을 추격하던 두 사람은 각각 사냥감으로 점찍은 목표와 가까워지자 자신들도 모르게 달리던 속도를 늦추었다.

'헛! 설마 유인한 거야?'

분명히 방금 전까지는 보이지 않았는데 발길을 멈춘 거대 스켈레톤의 주위에는 30마리 정도의 스켈레톤들이 나타나 있었다.

두 사람은 스켈레톤들이 경사가 진 땅에 숨어 있었던 것으로 생각했지만, 별로 긴장하지는 않았다. 오우거 구울 정도라면 모르지만 스켈레톤은 아무리 거대해 봐야 검기로 충분히 부숴 버릴 수 있었다.

그동안 꽤나 많은 언데드를 사냥했던 두 사람에게 있어 마핀이 베이스가 된 스켈레톤은 골격이 거대할 뿐 위험한 상대는 전혀 아니었다.

두 사람이 보스와 가까워지자 역시 생각한 대로 일반 개체들이 보스를 지키기라도 하겠다는 듯 앞으로 달려 나오며 대거와 비슷한 길이의 날카로운 뼈 검을 휘둘렀다.

까앙!

마나 소모를 줄이기 위해서 검기를 적당히 뽑아내어 스켈레톤의 뼈 검을 잘라 버리려고 했던 가제타와 레너드는 순간적으로 당황했다.

검기로 충분히 가를 수 있다고 생각했던 스켈레톤의 뼈 검이 멀쩡했던 것이다.

'설마 특수한 스켈레톤인가?'

그동안 상대했던 스켈레톤과는 재료 자체가 달라서 그런지 스켈레톤의 뼈 검이 미약한 수준이라지만 검기를 받아냈다.

"제기랄!"

이제야 긴장한 두 사람은 좀 더 선명하고 굵은 검기를 뽑아내어 빠르게 휘둘렀다.

파앗! 싸악!

빠르게 움직이며 긴 스켈레톤들의 팔의 궤적을 절묘하게 피하며 내리친 검기가 이번엔 기대를 배신하지 않았다. 결국 스켈레톤들의 뼈 검은 물론 뼈까지 잘라 버리는 데 성공한 것이다.

스켈레톤을 상대로는 제대로 된 검기를 사용해야 한다는 점을 깨달은 두 사람은 좀 더 많은 마나를 소모해서 검기를 뽑아냈다.

하지만 이놈들은 그동안 상대했던 스켈레톤과 많이 달랐다.

검기로 뼈나 관절 부위를 절단할 수는 있었지만 소멸시킬 수는 없었다.

스켈레톤들은 뼈가 절단된 뒤에도 포위망을 유지한 상태로 흉흉한 기세를 뿜어내면서 두 사람을 압박했다.

하지만 두 사람은 소드마스터와 검기 완숙자였다. 곧바로 코어가 들어 있는 두개골을 집중적으로 절단하거나 부수는 방식으로 스켈레톤들을 무력화시키기 시작했다

그럼에도 상황은 호전되지 않았다. 목표인 스켈레톤 보스들에게 접근하기는커녕 스켈레톤들에 이어서 구울까지 등장했다.

"젠장! 변이 오크 따위가 아니야!"

"마핀입니다! 마핀 스켈레톤과 마핀 구울입니다!"

레너드가 이제야 상대가 변이 오크가 아니라 마핀으로 만든 언데드라는 사실을 알아보았다.

두 사람은 검기를 날려서 한꺼번에 스켈레톤들을 모두 처리했지만 그 외곽에는 어느새 세 겹으로 포위하고 있는 마핀 구울들로 빼곡해서 바깥쪽은 아예 보이지도 않았다.

마핀 구울은 스켈레톤들과는 또 달랐다. 긴 털과 질기고 두꺼운 가죽은 물론 생체보호막까지 있는 놈들은 엄청나게 민첩했고 길고 날카로운 손톱에는 검기에 해당하는 오러가 솟아나 있었다.

결국 가제타와 레너드는 등을 맞대고 각자 반원에 해당하는 영역을 맡기로 했다.

그들이 생성한 검기는 능히 마핀 구울들을 해치울 수 있을 정도로 위력적이었지만 포위가 된 상태라는 것이 문제였다.

거기에 보스들만큼은 아니지만 키가 5미터가 넘는 거구의 마핀 구울들도 포위망에 가세하고 있었다.

"시발! 아무래도 안 되겠다!"

보스 사냥을 먼저 포기한 것은 의외로 가제타였다.

이유가 있었다. 명색이 소드마스터라 당장이라도 비기를 쓴다면 주위의 구울들을 모두 쓸어버릴 수 있었지만 아직 보스들은 움직이지도 않고 있었다.

게다가 마나가 빠르게 소진되고 있었다. 스켈레톤을 상대할 때에 비해서 서너 배는 많은 마나가 필요한 검기 정도가 아니면 마핀 구울을 소멸시킬 수 없었던 것이다.

그렇다고 포위망을 뚫는 것도 쉬워 보이지가 않았다. 어느새 시야는 온통 거대한 몸집의 마핀 구울로 가득 채워질 정도로 숫자가 크게 늘어난 것이다.

주위를 둘러보니 두 사람의 탐심을 자극했던 스켈레톤 보스들은 어느새 사라지고 없었다.

결국 그들이 할 수 있는 건 이런 때를 대비해서 가지고 다니는 텔레포트 스크롤을 사용하는 것이다.

찌이익!

가제타는 위험할 수 있다는 생각이 든 순간 부채꼴로 검기를 날리는 비기를 써서 시간적인 여유를 확보한 후 바로 스크롤을 찢었다.

"왜 마법이 발동하지 않는 거야?"

분명히 마법이 발동되는 표시인 빛이 사라진 후에도 여전히 제자리에 있는 자신을 발견하고 경악했다.

그가 당황해하는 사이에 거대한 몸집의 마핀 구울들이 포위망의 전열로 빠져나왔다. 몸집이 작은 놈들은 가제타가 날린 검기에 모두 죽은 것이다.

그런데 자신이 스크롤의 마법을 발동하기 위해서 등을 맞대고 있었던 레너드와 떨어졌다. 스크롤은 1인용이기 때문에 어쩔 수 없이 거리를 벌려야만 했기 때문이다.

그런데 스크롤을 사용할 때만 해도 십여 보 거리 정도밖에 떨어져 있지 않았던 레너드 역시 스크롤이 작동하지 않았는지 당황해서 외치는 소리가 들렸는데, 꽤 멀리 떨어진 것처럼 들렸다.

타앗!

마침 자신의 다리와 옆구리를 향해 날아오는 마핀 구울 두 마리의 공격을 피해 위로 도약한 가제타의 얼굴이 일그러졌다.

자신 주위에 적어도 100마리의 마핀 구울이 에워싸고 있었던 것이다. 그중 절반은 거구였다.

그나마 다행한 것은 거구의 마핀 구울은 몸집이 컸기 때문에 자신을 포위한 상태라고 해도 한 번에 서너 마리만 공격을 할 수 있다는 점이다.

'나라도 다섯 마리 이상이 동시에 공격을 하면 쉽지 않은데.'

다행이라는 감정이 들기가 무섭게 이상하다는 생각이 들었다.

구울은 스켈레톤과 달리 죽은 지 얼마 안 되는 사체로 만들기 때문에 생전의 지능을 어느 정도 유지하고 있었기에 협공을 하면 유리하다는 사실을 모를 리가 없었다.

'꼭 나를 레너드와 떨어뜨린 상태로 이 자리에 붙잡아 두려는 것 같잖아. 아니지. 그럴 리가 없지.'

고개를 세차게 흔들어 불길한 생각을 털어 버린 가제타는 착지를 하는 순간 좀 더 많은 마나를 주입해서 만든 검기를 생성한 후 주위를 빠르게 돌면서 자신을 포위하고 있는 마핀 구울들의 다리들을 모조리 잘라 버렸다.

달리 소드마스터가 아니었다. 가제타의 팔이 수십 개로 불어나는가 싶더니 다리가 잘려 높이가 낮아진 마핀 구울 여덟 마리의 이마에 커다란 구멍이 뚫려 있었다.

가제타는 첫 번째 포위망이 무너지자 곧바로 방어구 품속에서 다른 스크롤을 빼내더니 빠른 속도로 찢었다.

지이잉.

마법이 발동되는 신호인 빛이 그의 몸을 감싸는가 싶었지만, 빛은 이내 사라지고 굳은 얼굴을 한 가제타만 남았다.

'왜 마법이 발동되지 않는 거지?'

마법 스크롤에도 등급이 있어서 저급품의 경우 내장된 마법이 발동되지 않는 불량품이 있었지만, 그가 가지고 있는 스크롤은 마탑 수도지부에서 구입한 것이라 그럴 리가 없었다.

'설마 마법 발동을 방해하는 결계라도 있는 건가?'

가제타는 진실에 가까운 의심을 떠올렸지만, 거대화한 마핀 구울을 중심으로 반경 50보 거리는 이미 나디아를 비롯한 마법사들이 미리 거대한 결계를 설치해 두었다는 사실까지는 알지 못했다.

그런 상황임에도 가제타는 크게 당황하지 않았다. 전력을 다하면 빠져나가는 것은 가능하다고 확신했다.

'젠장! 몰래 챙겨 두었던 상급 포션을 써야 할지도 모르겠네.'

그때 전혀 상상도 하지 못했던 사람이 나타났다. 그것도 마핀 구울이라는 언데드와 전혀 어울리지 않는 인물이었다.

노련한 기사답게 나름 합리적인 의심을 하며 주위를 둘러보던 가제타의 눈이 찢어질 듯 커졌다.

"나, 나크!"

어느새 공격을 멈춘 마핀 구울 사이로 걸어 나오는 사람은 분명히 자신이 알고 있는 나크 훈이 틀림없었다.

"가제타, 이런 재회는 예상하지 못했겠지?"

그렇게 말하는 나크 훈의 기도는 절반 이상 은색으로 변해 있는 모발과 눈썹처럼 이전과는 사뭇 달랐다.

'설마!'

가제타는 나크 훈이 벽을 거의 넘어 자신과 대등한 경지에 올랐다는 사실을 바로 깨달았다.

그 사실을 인지한 순간 심장이 멈추는 것 같았다.

"오해다! 난 그 상황에서 최선을 선택했을 뿐이야! 다 죽을 수는 없잖아!"

가제타는 어느새 자신과 동급이 되어 눈빛만으로 자신을 난도질할 것 같은 나크 훈의 기세에 눌려 자신도 모르게 뒷걸음을 치며 변명을 했다.

"아이템이 탐나서 내 제자를 암습한 것이나 혼자 스크롤을 사용해서 도망친 것이, 20년에 가까운 세월 동안 진심을 다해서 선배로 모셔 왔던 나에 대한 너의 최선이었다는 거군?"

가제타는 더 이상 변명을 할 수 없는 상황이라고 판단한 듯 낯빛과 태도를 바꾸었다.

'어떻게 소드마스터에 입문했는지는 알 수 없지만 이제 막 벽을 넘어선 애송이일 뿐이야! 비기를 써서 최대한 빨리 죽이고 이 자리를 벗어나야 해!'

스크롤이 작동하지 않는다면 마나를 이용해서 이 자리를 벗어나면 된다.

효율의 문제로 스크롤에 연연했을 뿐 소드마스터가 달리 소드마스터인 것은 아니다.

그렇게 마음을 먹자 자신감이 차올랐다.

"하아. 순진했던 우리 나크가 많이 컸네. 나한테 눈을 부라리다니."

"많이 컸지. 네 덕분에 마지막까지 세상의 쓴맛을 봤으니까 말이야."

벽을 넘어서 그런지 눈빛이나 풍기는 기도가 무척이나 살벌했다.

하지만 나크 훈은 그를 상대할 생각이 없었다.

"잘난 제자를 둔 덕분에 말년을 새롭게 살아갈 힘과 꿈에 도전할 용기를 얻었지. 마음 같아서는 이 자리에서 너를 도

룩하고 싶은데 아직 그럴 능력이 안 되네. 내가 레너드를 요
절내는 동안 내 제자를 잘 상대해 봐."

나크 훈은 그 말을 남기고 다시 마핀 구울들 사이로 사라
졌다. 그래서 가제타는 왜 마핀 구울들이 나크 훈을 공격하
지 않는지에 대한 의구심조차 품을 수가 없었다.

잠시 후, 나크 훈이 말한 대로 가온이 뒤로 물러나는 마핀
구울들 사이로 모습을 드러냈다.

"가제타, 오랜만이네."

"허어! 천한 용병 놈이 감히!"

역시 신분제 사회에서 평생을 살아온 자다운 대응이었다.
나크 훈 정도라면 몰라도 가온은 그에게 있어 천한 용병일
뿐이었다.

"어디 한번 또 도망가 보시지."

가온의 손에 들린 흑검이 빛을 내는가 싶더니 순식간에 검
자체가 커졌다.

"오, 오러 블레이드?"

틀림없었다. 순식간에 검신이 1미터 가까이 늘어났고 검
폭 역시 확장된 것으로 보아 유형화된 오러로 만들어진 오러
블레이드였다.

'입문도 아니고 실력자 단계라니!'

스승인 나크 훈은 이제 막 소드마스터 경지에 올랐는데 제
자인 용병 놈이 자신보다 윗줄이라는 사실에 가제타는 믿어

지지가 않았지만, 그의 위기 본능은 그에게 도망치라고 권하고 있었다.

가제타는 검을 앞으로 뻗은 채 마나를 주입하는 시늉을 하면서 두 다리에 마나를 집중했다. 말을 좀 섞다가 틈을 보아 도망치려는 것이다.

'이 치욕은 나중에 갚으면 돼!'

말로는 명예를 운운하지만 가제타는 전황이 불리해지면 동료가 누구라도 버리고 혼자 도망을 칠 수 있었다. 아니, 찰나의 기회를 얻기 위해서 자신을 전폭적으로 신뢰하는 동료를 상대에게 집어 던질 수도 있었다.

가제타는 그렇게 살아왔기 때문에 소드마스터가 되었다.

하지만 이번에는 상대가 나빴다. 족히 열 보 정도는 떨어져 있었던 상대가 순식간에 동공을 가득 채우며 커지는 것이 아닌가.

이젠 A등급이 된 쾌보의 효과였다.

'빌어먹을! 너무 빨라!'

도망을 치려고 마나를 두 다리에 집중한 상태라 상대의 오러 블레이드를 맞받아칠 수 없는 상황이다.

가제타가 할 수 있는 건 땅을 박차고 뛰어올라 상대의 공격을 피한 후 낙하하면서 틈을 노리는 것뿐이다.

팟!

바닥에 깊은 홈이 파이며 도약한 그의 신형은 순식간에 10

여 미터까지 도약했다.

하지만 그에게는 가온이 가지고 있는 점핑 앤 플라잉과 같은 스킬은 없었다. 그저 두 다리에 집중했던 마나를 검으로 돌려 손바닥 길이의 오러 블레이드를 만들어 낸 상태로 바닥에 두 다리를 굳건하게 박고 서 있는 상대를 향해 내리치는 것밖에 할 수가 없었다.

쫘앙!

오러 블레이드들이 부딪히면서 굉음과 함께 충격파가 흙먼지를 일으키며 사방으로 퍼져 나갔다.

"커억!"

푸앗!

충격으로 인해서 거칠게 땅에 부딪힌 가제타는 재빨리 몸을 일으켰지만 그의 입에서는 선홍색 피가 분수처럼 뿜어졌다. 이번 충돌로 장기의 위치가 바뀔 정도로 심각한 내상을 입은 것이다.

"비, 빌어먹을!"

차라리 처음부터 맞상대를 했다면 이렇게 심각한 내상을 입지 않았을 텐데 도망치기 위해서 두 다리에 마나를 집중했다가 공중으로 뛰어올랐을 때 무리하게 마나를 전환해서 오러 블레이드를 만든 것이 실수였다.

은밀히 마나를 끌어 올리려고 했지만 끊어진 실낱처럼 가늘어서 더 이상 오러 블레이드를 만드는 것은 무리였다.

가제타는 이런 상황에서 항상 그랬듯 상대와 말을 섞다가 기회를 엿봐 포션을 마신 후 도망치기로 작정했다.

"자, 잠깐! 할 마, 큭!"

가제타는 할 말이 있는 것 같았지만 가온은 들을 마음이 전혀 없었다.

처음과 전혀 달라지지 않은 가온의 오러 블레이드는 가제타가 후들거리는 몸을 겨우 유지한 상태에서 힘겹게 발현한 검기와 검을 가르고 그의 상반신을 사선으로 잘라 버렸다.

피를 뒤집어쓴 가온의 얼굴에 쓴웃음이 떠올랐다.

"기분 더럽네!"

게임이 아니라 실제라는 사실을 잘 알기에 아무리 복수라고는 하지만 다른 인간을 죽이는 것은 영 적응이 되지 않았다.

'이럴 줄 알았으면 놈의 말을 좀 더 들어 볼 것을 그랬나?'

가온은 복수를 했지만 기분이 이상해서 청뇌 명상법으로 마음을 진정시킨 후 더 이상 피가 흘러나오지 않는 가제타의 사체를 아공간에 집어넣었다.

그때 멀지 않은 곳에서 레너드의 비명이 들렸다.

"스승님도 끝내셨구나."

본디 잘 아는 사이도 아니니 굳이 말을 섞지 않았을 것이다. 이제 막 발을 들이긴 했지만 소드마스터는 최소 다섯 명의 검기 완숙자를 상대할 수 있으니 오래 걸릴 일은 아니었다.

가온은 마핀 스켈레톤과 마핀 구울 들을 전용 아공간으로 집어넣은 후 카오스와 녹스를 불러냈다.

　카오스에게는 피범벅이 된 얼굴과 방어구를 씻어 달라고 부탁했다.

　'녹스, 소멸한 스켈레톤들과 구울들을 챙겨 줘.'

　–망가진 것들이니까 내가 가지고 놀아도 돼?

　'가지고 논다고?'

　–응. 내 독에 어떻게 반응하는지 확인해 보려고.

　'알았어. 그렇게 해. 카오스는 전투 흔적을 없애 줘.'

　굳이 가제타와 레너드의 흔적을 남길 필요는 없었다.

　–알았어. 대지의 기억까지 지워 버릴게.

　'그게 가능해?'

　마법사들 중에는 몇 시간 전 혹은 며칠 전에 해당 공간에서 벌어졌던 일을 마법을 통해서 영상을 보듯 확인할 수 있는 자들이 있었다.

　–공간 파동 자체를 바꾸어 버리면 돼.

　'그럼 부탁해.'

　이렇게 되면 토벌군에서 조사를 나와도 가제타와 레너드가 고대의 유물로 추정되는 금관을 쓰고 있는 거구의 스켈레톤들을 쫓아갔다가 실종된 것으로 결론을 내릴 수밖에 없었다.

다음 날 아침, 별동대장이 작성한 보고서 사본을 읽은 받은 대공의 얼굴이 바위처럼 딱딱해졌다.

"가제타와 레너드가 어제 실종됐다고?"

"그렇습니다. 1차로 언데드를 처치한 직후 새로운 종류의 스켈레톤이 출현했는데 거대한 몸집의 보스 두 마리가 고대의 유물로 보이는 황금 관과 황금 봉을 가지고 있었다고 합니다."

던전까지 수행한 집사 네브란트가 설명을 했다.

"둘은 그 보스들을 처리하기 위해서 무리에서 벗어났고 오늘 아침까지 복귀하지 않았다?"

"보고 내용에 따르면 그렇습니다."

"별동대는 어떻게 귀환한 거지?"

"키가 3미터에 이르는 거대 스켈레톤들을 처리하다가 힘에 부쳐 스크롤을 이용해서 벗어나려고 했을 때 그들을 대신할 부대가 도착했답니다. 그리고 스켈레톤들을 모두 처리한 후 주위를 살펴봤지만 두 사람의 흔적은 전혀 발견할 수 없었고 아침까지 복귀하지 않았답니다."

기사치고는 탐욕이 유난히 강했던 두 사람이라면 능히 고대 유물을 얻기 위해서 단독으로 움직였을 것은 분명했다.

하지만 그들은 탐심만큼이나 목숨이 중요한지 잘 아는 자들.

다행히 어떤 상황에서든 벗어날 수 있는 능력은 가지고 있었다. 굳이 소지하고 있었을 텔레포트 스크롤들이 아니더라도 명색이 소드마스터와 검기 완숙자가 아닌가.

더욱이 상대가 오우거 구울도 아닌 스켈레톤이라니 아무리 몸집이 크다고 하더라도 두 사람이 위험할 일은 전혀 없었다.

"당장 거헨을 그곳으로 보내 조사하도록 해!"

거헨은 대공을 따르는 6서클 마법사로 대지의 기억을 읽을 수 있는 마법을 사용할 수 있었다.

"알겠습니다!"

네브란트가 막사를 빠져나가자 대공은 이맛살을 찌푸리며 눈매를 좁혔다.

'설마 두 놈 모두 잘못된 것은 아니겠지?'

자신이 비록 대공이고 검사로서도 소드마스터이기는 하지만, 세 왕자 각각을 압도하는 전력을 지니고 있기에 지금처럼 토벌군을 좌지우지할 수 있었다.

만약 소드마스터 한 명과 검기 완숙자 한 명이 빠진다면 그만큼 전력은 약화될 수밖에 없었고 발언권도 그만큼 약해질 수밖에 없었다.

이 던전에 들어온 대공가에는 세 명의 소드마스터가 있지만 제대로 된 소드마스터는 전 기사단장인 가제타밖에 없었다.

대공 본인과 현 기사단장은 겨우 몇 초 동안 오러 블레이드를 생성할 수 있을 정도의 실력에 불과했다.

그런 만큼 가제타의 실종은 대공으로서는 큰 문제일 수밖에 없었다.

'워낙 욕심이 많은 작자들이라서 언제고 일을 낼 줄은 알았지만 하필 이럴 때 사고를 치다니!'

대공은 둘이 죽었을 거라고는 생각하지 않았다. 리치나 데스 나이트가 직접 나타나지 않은 이상 소드마스터와 검기 완숙자를 동시에 처리할 언데드는 없었다.

스켈레톤 보스들을 쫓아갔다가 또 다른 보물에 혹해서 리치 진영 깊숙이 들어갔을 거라고 추측하는 것이 타당했다.

하지만 왠지 불길한 기분이 들었다.

안 그래도 온 클랜 건으로 인해 월권을 행사하는 바람에 1왕자 측이 불만을 가지고 있었고, 추가 전력이 합류한 이후에는 대공가의 기사들보다 코벨리아라는 흑마법사의 활약이 두드러지는 상황이다.

지금까지는 세 왕자도 자신의 주장을 감히 거역하지 못했지만, 만일 두 사람이 끝내 복귀하지 않는다면 상황은 달라질 것이다.

삼촌이며 대공이라는 지위로는 더 이상 세 왕자에게 채운 목줄을 유지할 수가 없었다.

'골치 아프네!'

형님이자 국왕의 부탁을 받고 이 던전에 들어오며 그는 한 가지 결심을 했다. 오래전에는 부족함이 많아서 포기했던 자신의 지위를 차지하겠다는.

'이번이 마지막 기회야!'

설사 그 방법이 조카이자 왕자인 세 명을 분열하는 것에 그치지 않고, 최악의 경우 암살하는 것이라고 해도 대공은 서슴지 않고 할 수 있었다.

하지만 자신의 진정한 오른팔이라고 할 수 있는 가제타가 없다면 그 계획은 실패할 수밖에 없었다. 가제타와 레너드가 빠진 자신의 전력은 세 왕자를 개별적으로 압도할 수 없으니 말이다.

"후유!"

혼자 남은 넓은 막사에는 한동안 대공의 깊은 한숨이 가득했다.

균열

가제타와 레너드가 실종된 지 이틀이 지났다.

1왕자군 숙영지의 중앙에 자리한 막사 안에는 1왕자와 라헨드라 대마법사가 독대하고 있었다.

"가제타와 레너드가 실종되었다고요?"

보고서를 읽은 1왕자가 물었다.

"고대 유물을 소지한 거대 스켈레톤들을 처치하기 위해서 별동대에서 벗어났는데 이틀이 지나도 돌아오지 않았다고 합니다."

"쯧쯧! 소드마스터나 되는 위인이 고대 유물에 혹하다니."

1왕자가 혀를 찼다.

"자신이 있었겠지요. 레너드도 그렇지만 가제타는 워낙

탐욕스러운 성격이라서 예전에도 온 클랜의 온 훈 대장이 소지하고 있던 비행 아이템을 무척 탐냈다는 정보가 있었습니다."

"설마 그자가 온 클랜을?"

1왕자는 뭔가 깨달은 얼굴로 라헨드라를 쳐다봤다.

"상황으로 보아 의뢰는 실패할 것 같고 아이템은 욕심이 나니 그 자리에서 온 대장을 해할 수도 있었을 것 같습니다. 전하께서도 들으셨겠지만 지원대를 먼저 복귀시킨 것도 좀 이상합니다. 더구나 그 당시까지만 해도 온 클랜이 세운 업적이 상당했으니 중간에 합류한 대공 전하는 그 부분이 마음에 들지 않았을 수도 있습니다."

"으음."

당시 대공의 처사가 뭔가 석연찮다는 의심을 하고 있었던 1왕자가 침음을 흘렸다.

"온 클랜이 세운 업적은 누구의 것입니까?"

1왕자는 이제야 그 부분에 생각이 미쳤다.

"던전이 클리어된 것이 아니라 확실하지는 않지만 사고가 난 직후 전하께서 상당히 많은 명예 포인트를 획득하신 것으로 보아 의뢰를 수행한 온 클랜이 아니라 전하께서 업적을 세운 것으로 인정되는 것 같습니다."

그 당시에도 별동대가 활약하고 있었기 때문에 확실한 것은 아니지만, 그게 상식적으로 맞았다. 실행한 온 클랜도 어느 정도 업적을 세운 것으로 인정되겠지만 말이다.

'내가 멍청했군.'

만약 당시 이런 생각을 했다면 지원대로 하여금 어떻게든 온 클랜을 보호하도록 명령을 내렸을 것이다. 아니, 사고 후 진상을 더 자세하게 파헤쳤을 것이다.

"그럼 대공이 날 견제하기 위해서 그런 일을 사주한 것일까요? 그리고 그 때문에 가제타와 레너드에 대한 처리도 독단적으로 처리한 것이고요?"

라헨드라는 말없이 고개를 끄덕였다.

쾅!

얼굴이 시뻘게진 1왕자는 주먹으로 탁자를 내리쳤다. 순간적으로 치밀어 오른 화를 참을 수가 없었던 것이다.

"왜, 왜 당시 이런 말을 내게 해 주지 않았소?"

"말씀드리기 외람되오나 당시 전하께서는 훔멜 백작의 의견을 많이 들으셔서⋯⋯."

라헨드라의 말에 1왕자는 눈을 질끈 감았다.

맞다. 당시만 해도 훔멜 백작의 의견만 들었던 것이다.

라헨드라의 조언은 왠지 잔소리처럼 들려서 기피했으니 말이다.

하지만 그에게 충성할 것 같았던 훔멜은 현재 3왕자에게 붙어 버렸다.

말재주는 물론이고 재력까지 갖춘 3왕자가 코벨리아 측을 회유하고 그들이 죽음의 군단을 상대로 엄청난 전공을 세우기 시작한 이후 말을 갈아탄 것이다.

"후유! 이렇게 되면 던전이 클리어된다고 해도 내 지분이 크지 않겠군요?"

"지금까지만 보면 전하께서 가장 높은 업적을 세웠겠지만 이대로라면 바뀔 가능성이 높습니다. 물론 2왕자 전하보다는 높은 업적을 세우시겠지만, 아무래도 훔멜과 코벨리아를 회유한 3왕자 전하가 가장 큰 업적을 세우지 않겠습니까?"

라헨드라의 대답에 1왕자는 한동안 눈을 지그시 감고 아무 말도 하지 않았다.

한참 후에야 열린 그의 입에서는 뜻밖의 말이 흘러나왔다.

"대지의 기억을 읽을 수 있는 마법이 있다고 들었습니다."

"있습니다. 대지 계열의 6서클 마법입니다. 무엇 때문에 그러시는지요?"

"온 클랜의 행방을 알아야겠습니다. 성공 보수를 챙겨 주고 싶습니다."

"그거라면 이전에도 했던 일입니다. 대지의 기억을 제대로 읽을 수 없어서 언데드와 끝까지 싸우다가 소지하고 있던 폭발 아이템을 사용해서 폭사했다고 결론이 나지 않았습니까?"

그랬다. 결론적으로 온 클랜은 의뢰를 완수했다. 중첩되어 있던 흑마법진들이 모두 소멸된 것이다. 덕분에 1왕자는 상당한 명예 포인트를 얻을 수 있었다.

"후유! 그들이 살아 있을 가능성이 얼마나 될까요?"

"사실 개인적으로는 다른 이들은 몰라도 비행 아이템을 가지고 있었던 온 대장은 무사할 것으로 추정하고 있습니다."

1왕자는 라헨드라의 말에 고개를 격하게 끄덕였다.

"나 또한 그렇게 생각합니다. 꼭 아이템이 아니더라도 혼자서 그 거대한 스파인 산맥을 넘어왔다는 온 대장이라면 어떤 난관에서도 능히 목숨을 보전할 능력이 있을 것으로 보입니다."

"만약 찾는다면 어떻게 쓰실 요량이십니까?"

"가진 재물을 모두 써서라도 위로금을 주고 추가 의뢰를 해야겠지요. 권력, 영지, 그리고 작위와 같은 명예에는 초연한 인물 같으니까요."

"하지만 그가 살아 있다고 해도 나크 훈이나 온 클랜원들이 다수 사망했다면……."

"그럴 수도 있지만 내가 보기에 온 클랜이 가진 전력의 태반은 온 대장이 차지하고 있습니다. 내가 본 온 대장이라면 자신만 그 위기에서 벗어났을 것 같지는 않습니다."

1왕자의 말에 라헨드라가 고개를 끄덕였다. 그가 봤을 때도 온 대장은 여느 용병 수뇌와 다르게 수하들을 제대로 챙길 뿐 아니라 의리가 강해 보였다.

"사실 그러면 혼자라도 내가 처한 상황을 유리하게 바꾸어 줄 수 있을 것 같습니다."

왕자의 말에 라헨드라가 고개를 끄덕이더니 뭔가 결심한 눈으로 입을 열었다.

"사실 안 그래도 은밀하게 온 클랜의 행방을 알아보고 있었습니다."

"저, 정말입니까?"

"네. 나크 훈은 평소에 제가 아끼던 인재였거든요."

"혹시 온 대장이 살아 있습니까?"

"그런 것 같습니다. 3왕자군에서 나와 고원 아래에서 잠시 머물고 있던 붉은곰 용병단과 접촉을 했는데, 반 홀랜드 단장이 단장 자리를 부단장에게 물려주고 다른 용병단에 고문으로 들어갔다는 말을 들었습니다."

"그럼 그게 온 클랜이라는 거군요?"

"전 그렇게 생각합니다. 반 홀랜드라면 2급 기사, 그중에서도 소드마스터를 앞두고 있는 강자입니다. 왕국에 몇 없는 S급 용병단의 단장이었던 그가 다른 용병단에 들어갔습니다. 게다가 반 홀랜드는 오우거 던전에서 온 클랜과 함께 행동했습니다. 그럼 어떤 용병단이겠습니까?"

맞다. 이유는 알 수 없지만 특급 용병이자 거대 용병단의 단장이 고문이라지만 다른 용병단에 가입했다면 그건 온 클랜밖에 없었다.

붉은곰 용병단은 왕국에서도 다섯 손가락 안에 드는 강력한 전력을 갖추고 있었거니와 다른 용병단들과의 사이가 좋지 못했다.

그러니 반 홀랜드가 단장 자리를 내놓고 들어갔을 용병단이라면 온 클랜이 유일했다.

"과연 무사했군요!"

1왕자가 반색을 했다.

"사실 저는 가제타와 레너드가 복귀해서 온 클랜이 전멸했을 거라고 보고했을 때부터 그럴 거라고 짐작했습니다. 비행 아이템이나 고대 유물까지 가지고 있는 온 대장이라면 당연히 그 상황을 벗어날 아이템 정도는 가지고 있었을 테니까요. 그런데 이미 이쪽에 크게 덴 그가 전하의 의뢰를 받을까요?"

"내 직접 사과를 하고 어떤 보상을 해서라도 그의 마음을 돌리겠습니다. 두 동생에게는 다른 세상이라는 대안이 있지만 난 대권을 포기할 수가 없습니다."

"알겠습니다. 정 그러시다면 제가 직접 알아보겠습니다."

안 그래도 강직한 성품에 정이 많은 나크 훈을 좋게 보고 있던 라헨드라 대마법사는 1왕자의 부탁을 받아들였다.

'세 왕자 모두 현재로서는 왕재가 부족하지만 그럼에도 불구하고 아그레시아의 미래를 위해서는 그나마 현군의 자질이 가장 높은 1왕자 전하께서 왕위를 물려받아야 해.'

성품이 너무 유약해서 외가와 처가에 휘둘리는 2왕자가

왕이 된다면 선대 국왕들과 수많은 왕국민이 피와 노력을 통해 반석 위에 올린 나라의 앞날은 혼란밖에 없을 것이다.

그렇다고 3왕자가 왕위에 오르는 것도 안 될 일이다. 언뜻 보기에는 능력만 있다면 출신과 관계없이 중용하는 것처럼 보이는 그는 기실 음흉하고 잔인한 성격의 소유자였다.

기사로서의 자질은 가장 뛰어나지만 조울증이 심하고 성품이 잔인하여 피를 보기를 즐기는 3왕자가 국왕이 된다면 왕국의 앞날은 피로 점철될 것이다.

기사의 자질도, 지혜도 부족하지만 세 왕자 중에서 그래도 가장 명석하고 신하들의 의견에 귀를 기울이는 인물은 1왕자밖에 없었다.

외가나 처가의 영향력에서 벗어나지 못하는 것은 2왕자와 비슷하지만 그래도 균형 감각이 있었다.

한동안 홈멜 백작을 곁에 두고 자신의 조언을 멀리했던 1왕자가 이제야 정신을 차린 것이 너무 한심했지만, 그래도 명색이 왕실 마탑의 탑주이고 와병 중인 국왕의 특별한 부탁을 받은 이상 이제부터라도 최선을 다해서 보필해야만 했다.

'만약 온 클랜이 무사히 그곳을 벗어났다면 마지막 반전을 기대할 수 있어!'

많지 않은 인원으로 1왕자군이 세우지 못했던 업적을 세운 온 클랜이라면, 지금 라헨드라의 머릿속에 떠오른 계획을 충분히 수행할 수 있을 것이다.

막사를 벗어나는 라헨드라의 발걸음은 그 어느 때보다 빨랐다.

3왕자군의 숙영지 중앙에 있는 거대한 막사에서도 몇 사람이 은밀한 대화를 나누고 있었다.

"새로운 스켈레톤이 출현했다고요?"

항상 새로운 것을 즐기는 3왕자의 눈빛이 얼마 전 합류해서 큰 공을 세우고 있는 검은 로브의 마법사에게 향했다.

"보고 내용으로 추정하건대 변이를 일으킨 오크 거대 종이거나 혹은 사스 산맥의 왼편을 따라 펼쳐진 거대한 수림 지대에 서식하는 마핀이라는 유인원의 뼈로 만든 스켈레톤으로 보입니다."

코벨리아라는 이름의 흑마법사는 창백한 낯빛에 짙은 다크서클로 인해서 음침한 인상이었지만 눈빛만은 무척 강렬했다.

"호오. 이 던전에 들어와서 오크 거대 종은 보거나 들은 적이 없으니 마핀의 것이 맞을 것 같군요. 둘째 형님을 곤란하게 만들었던 마수의 뼈로 만든 스켈레톤이라니. 얼마나 강할까요?"

3왕자는 당연히 그 스켈레톤을 리치가 만들었다고 생각했고 그와 독대하고 있는 흑마법사 역시 마찬가지였다.

"직접 상대했던 별동대원들의 말에 따르면 일반 개체는 검광 실력자에 비견할 수 있다고 했습니다. 저희가 사용하는 재료들이 최소 수십 년 이상 된 해골인 반면 그 스켈레톤은 최근에 죽었기 때문에 강도나 마력 사용에 있어 굉장히 우수합니다."

"호오! 스켈레톤이 그렇게 강하단 말입니까?"

"뼈의 색깔이 검었고 강도가 강철에 버금갔다고 합니다. 단순한 사기가 아니라 흑마력을 사용해서 연성했다는 증거입니다. 그리고 중간 보스로 추정되는 놈들의 경우에는 놀랍게도 손톱 위로 검기에 해당하는 오러를 발출했다고 합니다."

"경의 언데드로 상대가 가능하겠습니까?"

"당연합니다. 전하께서 도와주신 덕분에 기사의 유골들을 많이 확보할 수 있게 되었으니, 본 나이트들을 대량으로 만들 겁니다. 뼈의 강도에서는 많이 차이가 나지만 숫자도 그렇고 지능이 다른 재료인 만큼 충분히 극복할 수 있습니다."

본 나이트의 실력은 천차만별이다. 생전의 경지에 따라서 본 나이트의 전력도 확연하게 달라지는 것이다.

그렇게 대답한 코벨리아가 약간 불안해하는 것은 설령 본 나이트를 연성한다고 해도 기사들의 해골 상태가 오래되어 강도나 내구력 등 전투력에서 좀 손색이 있을 거란 사실이다.

"다만 마정석이 좀 부족합니다."

"얼마나 지원해 주면 되겠습니까?"

"중급 이상으로 최소 1천 개는 필요합니다."

"그동안 언데드를 사냥하면서 확보한 것들을 쓸 수 있도록 조치하도록 하지요."

그동안 토벌군이 많이 사냥한 본 나이트가 보통 중급 마정석을 가지고 있었기에 3왕자는 흔쾌히 코벨리아의 요구를 들어주기로 했다.

"감사합니다! 계약에 의해서 제가 세운 모든 공적은 반드시 3왕자 전하께 갈 겁니다."

3왕자가 코벨리아라는 흑마법사를 전폭적으로 지원하는 이유가 바로 그것이었다.

"하하하. 그렇게 된다면 좋겠지만 설사 그렇게 적용되지 않는다고 해도 서운하지 않습니다. 나는 던전 브레이크로부터 우리 왕국과 수많은 왕국민의 안전이 확보되는 것만으로도 충분히 만족합니다."

"역시! 전하께서는 반드시 성군이 되실 겁니다! 제가 충심으로 보필하겠습니다!"

"하하하. 많이 도와주세요."

3왕자는 왕위를 두고 벌이는 다른 형제들과의 경쟁에서는 이미 이겼다고 확신했다.

'남은 것은 차원 통로 허가권을 어떻게 사용하는 것이냐 하는 거지.'

곧 왕이 될 자신이야 당연히 다른 세상으로 건너갈 이유가 전혀 없었다.

하지만 다른 차원에서만 발견할 수 있는 진귀한 영약이나 소드마스터에 오를 수 있는 스킬북과 같은 보물이라면 당연히 욕심이 난다.

'허가권을 이용해서 훔멜처럼 다른 두 진영의 핵심 전력을 스카우트하고 즉위식이 열리기 전에 뿌리까지 제거해야 해!'

그의 목표는 단순히 국왕이 되는 것이 아니다. 장차 화근이 될 수 있는 요소는 모조리 제거할 생각이다.

그러기 위해서는 지금 눈앞에 있는 코벨리아 마법사를 전폭적으로 지원해 주어야만 했다.

즐거운 시간

복수를 마친 가온은 은신처로 복귀해서 자신을 기다리고 있던 대원들에게 나흘간의 휴식을 주었다. 물론 플레이어들도 마찬가지였다.

"대신 복귀하면 리치의 본군을 뒤치기 하는 작전을 개시할 테니 긴장들 하십시오."

현재 토벌군의 전력으로 보건대 대엿새 정도면 리치의 본군과 조우할 것이다. 그 전에 움직이는 것은 리치 쪽의 관심을 끄는 일이니 지양해야만 했다.

"그럼 수련을 해야겠군."

검기론을 통해 소드마스터에 발을 들인 나크 훈다운 반응이었다.

"커험. 나도 수련이나 할까 보다."

"진득하게 명상을 하며 수련할 시간이 필요했는데 잘됐군."

자이언트 웜 사냥을 통해서 갓상점에 접속할 수 있을 정도의 명예 포인트를 획득한 제어컨 고문과 반 홀랜드 고문은 나크 훈의 조언에 따라서 소드마스터에 이르는 길을 제대로 걷게 해 줄 스킬북이나 이론서를 찾는 중이었다.

세 고문이 수련에 매진하겠다고 하니 대원들이야 당연히 수련할 수밖에 없었다.

그렇다고 억지로 하는 것은 아니고 어차피 이 던전에는 즐길 거리가 전혀 없었고 가파르게 실력이 상승하고 있으니 자연스럽게 수련 의지를 불태우는 것이다.

수련도 수련이지만 자이언트 웜 사냥을 통해 획득한 명예 포인트를 어떻게 활용할지도 고민해야만 했다. 활용 여부에 따라서 엄청난 성장을 할 수도 있으니 말이다.

반면 플레이어들은 살았다는 얼굴로 휴가를 반겼다. 온 클랜과 동행한 이후에 걸었던 행보는 그들의 능력에 비해 무척 어려웠기 때문에 휴식이 간절하게 필요했다.

물론 상당한 폭의 레벨 업이나 명예 포인트 획득 등의 보상이 따랐지만, 정신적인 피로는 어쩔 수 없었다. 어릴 때부터 마수와 몬스터를 상대하면서 살아온 탄 차원 사람들과 지구인들은 전혀 달랐다.

샤를을 비롯한 플레이어들은 차례로 인사를 하고 로그아웃을 했다. 휴식도 휴식이지만 아무리 프리우스급 캡슐을 사용한다고 해도 주기적으로 캡슐을 벗어나서 실제 육체를 움직여 주어야만 했다.

물론 헤븐힐 일행도 마찬가지였다. 일단 쉬면서 이번에 얻은 명예 포인트를 어떻게 활용할지 고민해 볼 생각이었다.

그렇게 플레이어들이 빠지자 은신처는 조용해졌다. 패터 정도나 활발할 뿐 나머지 대원들은 가온의 영향을 강하게 받아서 조용한 성격이었다.

가온도 자신의 방에서 휴식을 했다.

복수는 했지만 뒷맛이 영 좋지 않아서 그런지 몸이 무거웠다. 그래서 늘어지게 잠이라도 자고 싶었지만 아직 잘 시간도 아닌 데다가 그 전에 할 일이 있었다.

'전리품을 확인해야지.'

법치가 발달한 지구라면 어림도 없는 일이지만 어나더 문두스의 무대인 탄 차원은 다르다. 전투에서 이기면 상대의 물건을 소유하는 것이 보통인 것이다.

레너드의 것은 스승인 나크 훈이 챙겼지만 명예를 아는 기사답게 확인조차 하지 않고 뭔가 나오면 클랜 운영에 보태라고 가온에게 넘겼다.

먼저 가제타가 소지하고 있던 아공간 주머니부터 확인했

다.

"호오! 엄청난 부자인걸."

대공이 신임하는 소드마스터에 영지까지 가진 백작이라서 그런지 아공간 주머니 안에 들어 있는 내용물은 양도 양이지만 질이 아주 높았다.

골드부터 시작해서 다양한 보석과 마정석, 매직 스크롤, 아이템 들, 병장기, 방어구 그리고 다양한 포션 들까지 개인이 소지하는 정도를 한참 넘어섰다. 그가 영지를 가진 백작이라는 신분이라도 말이다.

'횡재했군.'

다른 것들이야 별 관심이 가지 않았지만 상급 치료 포션 세 병과 스킬북 두 권은 달랐다.

둘 중에서 가온의 흥미를 끈 것은 스킬북이었다.

'왜 가제타가 플레이어를 위한 스킬북을 가지고 있었던 거지?'

각각 '세르빌 검술 요체'와 '세르빌 창술서'라는 제목을 가지고 있는 스킬북 중 전자는 이미 누군가가 사용했는지 읽어도 스킬로 등록이 되지 않았다.

물론 그래도 참고용으로 충분히 활용할 수는 있었다. 어쩌면 가제타도 이런 용도로 소지하고 있었던 것인지도 모른다.

그런데 후자는 달랐다.

창술서를 정독하고 나니 머릿속에 새로운 창술 이론과 초식들이 새겨지듯 자리를 잡았다.

'상급 창술이네!'

안 그래도 패터 때문에 조만간 갓상점에서 상급 창술서를 구매하려고 했었기에 무척 기뻤다.

비록 스킬북의 효과, 즉 처음으로 정독을 하는 이의 경우 창술의 이론은 물론 스킬에 해당하는 창술 초식들을 단번에 기억하고 이해하는 효과는 자신이 누렸지만 충분히 전수해 줄 수 있었다. 이미 아래 단계에 해당하는 창술들을 익히고 있었기 때문이다.

검을 쓰는 기사인 가제타가 왜 창술 스킬북까지 가지고 있었는지는 알 수 없지만 가온에게는 큰 보상이었다.

검술서의 경우에도 상급이었기 때문에 나중에 스승인 나크 훈이나 두 고문들과의 공동 연구를 할 수 있는 좋은 참고 자료가 될 것 같았다.

가온은 단 한 번 세르나 창술을 펼쳐 보는 것으로 단숨에 스킬 레벨을 2로 올렸다. 이미 기초가 확실하게 잡혀 있었기 때문이다.

다음으로 레너드가 소지하고 있었던 아공간 주머니를 확인했다.

'금전욕이 많았던 인물답네.'

그의 아공간 주머니 안에는 골드와 보석 그리고 마정석 들로 가득했다. 액수로 환산하면 대략 30만 골드는 될 것 같았다.

대공 기사단의 부단장이지만 영지를 가진 귀족도 아닌 자가 이렇게 엄청난 골드와 환금성 재화를 가지고 있는 것은 이해가 잘 가지 않았다.

'이런 거금을 가지고 있었음에도 감히 1왕자의 돈을 탐냈다는 거야?'

지금은 죽었지만 욕심이 하늘을 찌르던 자였다.

나머지는 텔레포트나 실드 마법이 내장된 스크롤도 몇 장 있었고, 꽤나 등급이 높아 보이는 검 몇 자루와 방어구 몇 세트도 있었지만 흥미를 끌 정도는 아니었다.

그렇게 전리품을 살펴본 가온은 슬슬 로그아웃을 준비했다.

'벼리야, 네가 대신 플레이할래?'

원래는 벼리와 번갈아 플레이하기로 했지만 연달아 던전을 공략하게 되어서 그럴 수가 없어 미안했다.

-그럴게요, 오빠. 안 그래도 마법 역량을 올리고 싶었거든요.

스승인 나크 훈이나 대원들이 의심할 가능성은 없었다. 벼리는 그 정도는 충분히 고려해서 행동할 만큼 높은 지능을 가지고 있었다.

'알았어. 그렇게 해. 난 며칠 동안 천안 집에서 지낼 테니까.'

지금 생각은 그렇지만 아무래도 휴가를 받은 헤븐힐 일행이 만나자고 할 것 같았다.

－알겠어요. 그리고 나가자마자 은행 계좌를 한번 확인해 보세요.

'계좌를? 많이 벌었니?'

－호호호. 적진 않아요. 그리고 계좌에 넣어 둔 액수는 총 금액의 5% 정도밖에 안 된다는 점을 참고하세요.

이렇게까지 나오는 것을 보면 투자 수익이 상당한 모양이다.

'기대가 되네. 잘 쓸게.'

행여 벼리가 엄청난 돈을 벌었다고 해도 어나더 문두스에 푹 빠져 있는 지금은 쓸 시간이나 여유가 없었다. 돈을 쓰는 것보다 플레이하는 것이 더 재미있었기 때문이다.

그렇게 가온은 아바타를 벼리에게 맡기고 로그아웃을 했다.

가온의 예상이 맞았다. 캡슐을 나와서 가볍게 몸을 씻고 나왔을 때 바로로부터 전화가 왔다.

－형!

"바로구나. 이제 로그아웃한 거야?"

현실 시간은 저녁 7시가 막 넘겼다.

－응. 오랜만에 시간이 나서 전화했어요. 한번 뭉쳐야지!

"그래. 한번 보자."

ㅡ누나들은 시간이 좀 걸리나 봐. 30분 후에 치킨집에서 봐요.

"그래, 그러자."

씻고 나왔기 때문에 여유는 충분했다.

옷장을 열었는데 순간 뭘 입어야 할지 헷갈렸다.

일시를 확인해 보니 벌써 여름을 지나 가을의 길목이었다. 여름방학은 진즉 끝났다.

'벌써 이렇게 시간이 흘렀구나.'

아무래도 부모님에게 먼저 전화를 해야 할 것 같았다.

방학 동안 아르바이트를 한다고 말씀은 드렸지만, 마지막으로 전화 통화를 한 것이 점보 던전에 들어가기 전이니 불효자 소리는 피할 수 없을 것 같았다.

하지만 엄마도, 아빠도 전화를 받지 않았다.

'어나더 문두스를 플레이하고 계신 건가?'

그렇지 않고서는 이 시간에 전화를 안 받을 리가 없었다. 두 분이 쓰는 캡슐은 출시 초기에 시판한 일반형이라서 게임 중 걸려 온 전화를 받을 수가 없었다.

최소 20분 이상 엄마의 잔소리를 들을 생각을 하고 있었던 가온은 갑자기 생긴 시간의 공백에 하릴없이 캡슐 주위를 돌다가 벼리가 한 말이 떠올랐다.

'계좌에 얼마나 들어 있는지 확인해 볼까.'

노트북을 열고 주거래 은행 계좌를 확인한 가온의 얼굴이 딱딱하게 굳었다. 그가 상상하지도 못했던 금액이 있었기 때문이다.

'50억이 넘는다고?'

벼리는 분명히 계좌에 들어있는 돈이 자신이 보유한 총자산의 5% 정도라고 했다. 총액을 생각하니 잠시 정신이 나갈 수밖에 없었다.

'대체 무슨 짓을 했기에?'

그게 궁금했지만 그렇다고 그간 못했던 마법 수련을 하고 있을 벼리를 귀찮게 할 수는 없었다.

'아무래도 한턱내야겠네.'

치맥으로 끝낼 일이 아니다. 자세하게는 말할 수 없지만 세 사람에게 축하를 받아야 마땅할 기쁜 일이었다.

'시간도 그렇고.'

가온은 근처 맛집을 찾다가 파스타 가게에 예약을 했다. 개인적으로 파스타를 좋아하는 건 아니지만 여성이 둘이나 되니 무난한 선택이라고 생각했다.

오랜만에 만난 바로는 예전 그대로의 모습이었지만 헤븐힐과 매디는 좀 달랐다.

'성숙미인가?'

가온이 파스타집을 예약했다고 알려서 그런지 제대로 화장을 하고 옷을 갖추어 입은 두 사람은 여성미가 물씬 풍겼다.

오피스텔 정문에서 만난 네 사람은 반갑게 인사를 하고 곧장 파스타집으로 향했다. 예약한 시간이 8시인데 헤븐힐과 매디가 10분 정도 늦게 나오는 바람에 시간이 촉박했다.

"벌써 여름이 다 갔네."

"그러게요. 공기가 제법 선선해요."

처음에는 계절의 변화가 화제였다가 이내 네 명이 푹 빠진 어나더 문두스로 바뀌었다.

말하는 건 주로 바로였고 나머지 세 사람은 듣는 입장이었다. 세 사람은 플레이만 집중했기 때문에 어나더 문두스라는 게임에 대한 세상의 반응은 잘 몰랐기 때문이다.

특히 헤븐힐과 매디의 경우는 어나더 문두스를 플레이하고 캡슐 밖으로 나오면 식사를 하고 적당히 운동을 한 후 휴식을 취하다가 자는 생활을 몇 개월 동안 유지해 오고 있었다.

하지만 바로의 경우는 달랐다. 어나더 문두스에 대한 정보를 취급하는 정보게시판을 운영하고 있었기에 아무리 힘들어도 하루에 2시간 정도는 꼭 관리를 하고 있었다.

바로는 정기적으로 마수나 몬스터에 대한 자세한 정보나 사냥법 들을 무료로 올리고 있어서, 한번 유입된 사용자는 지속해서 접속을 하는 편이었고 게임 업계에서도 상당한 인지도를 가지게 되었다.

"……이제 어나더 문두스는 완전히 새로운 산업으로 자리

를 잡았어요. 수없이 많은 일자리가 만들어졌고 엄청난 경제
적 효과를 만들어 냈기 때문에 처음에 실물경제가 아니라 의
미가 없다고 폄훼하던 전문가들도 더 이상 말을 할 수 없을
정도로요. 물론 그럼에도 그것을 부정하는 꼰대들도 많긴 하
지만요."

그게 바로가 내린 결론이었다.

물론 가온이나 헤븐힐 그리고 매디는 그런 것에 큰 관심이
없었다. 가상이라는 이름이 붙었지만 세 사람에게는 정말 현
실이었기 때문이다.

그나마 가온이 지금 생각하는 건 주식 정도였다.

"세이뷰어 컴퍼니의 주가도 많이 올랐겠네?"

"당연하죠. 황제주라고 불리잖아요. 상장 후 최단 시간에
주가총액으로 세계 1위를 찍었어요. 처음 상장할 때 신청하
지 않은 것이 너무 억울해서 잠이 오지 않을 정도라고요."

자신은 물론 아버지가 세이뷰어 컴퍼니 주식을 쥐고 있다
는 사실이 너무나 뿌듯했다.

큰돈을 써 본 적이 없어서 돈이 있어도 제대로 쓸 자신도
없거니와 시간이 없어서 돈을 쓸 수가 없는 상황이지만 최소
한 살면서 더 이상 돈 걱정을 할 필요는 없었다.

처음에는 어나더 문두스 자체에 대한 대화를 나누었지만
나중에는 플레이로 화제가 옮겨 갔다.

"가온아, 마법 수련은 잘되고 있어?"

헤븐힐이 묻자 매디와 바로도 궁금한 얼굴로 가온의 대답을 기다렸다.

"네. 다행히 진척이 좀 있어서 이제 막 3서클에 입문했어요."

"오오! 대단한걸. 얼마 전 너와 비슷한 생각을 한 러시아 출신의 플레이어가 출현했어."

"나 말고도 그런 사람이 또 있다고요?"

역시 어나더 문두스는 예지몽처럼 움직이고 있었지만 짐짓 모르는 체하며 물었다.

"있어요. 러시아 출신의 엘리아 이바노프라고 하는 플레이어인데 엄청 똑똑하다고 하더군요."

매디도 흥미가 있는지 대화에 끼어들었다.

"그 여자, 천재라는 소문이 있어요. 스무 살이 되기 전에 이미 박사 학위만 네 개를 받았다고 하더라고요. 형처럼 스승에게 가르침을 받은 것은 아니고 마탑에서 배웠다고 했어요."

바로 역시 그녀를 알고 있었다.

"몇 서클인데?"

"3서클이라고 하더라고요. 저희도 들어갔던 오우거 던전에서 크게 활약을 한 것 같아요. 마법 발현 속도가 같은 3서클 마법사에 비해서 절반도 안 될 정도로 빠를 뿐 아니라 마력이 얼마나 많은지 난사라고 할 정도로 구현했다는 소문이 파다해요."

"엘리아에 대한 소문이 요즘 아주 화제예요. 게임튜브에 올라온 그녀의 영상은 벌써 3억 뷰가 넘었을 정도니까요. 어나더 문두스의 무대인 탄 차원에서도 1년 안에 3서클이 된 경우는 역사상 불과 몇 명밖에 없었다고 그러더라고요."

"형도 같은 방식으로 마법을 배웠고 같은 3서클이니 마음만 먹으면 엘리아 이바노프만큼이나 유명해질 것이 분명해요."

자신이 3서클이라고 말한 순간 세 사람의 눈빛이 이상하게 변한다 싶더니 이런 이유가 있었다.

가온 역시 엘리아 이바노프처럼 천재라고 생각하는 것이 아닐까.

"에이! 그건 아니지. 나야 이제 막 3서클이 되었기 때문에 실제로 쓸 수 있는 마법은 1서클과 2서클밖에 없는걸. 그리고 내가 그 정도 머리가 된다면 우리 대학에 왔겠니?"

"그거야 알 수 없지요. 탄 차원의 마법사들과 대화를 나눠보니 마법은 지능도 중요하지만 마나 친화력이나 집중력과 같은 다른 요소들도 중요하다고 하더라고요. 형처럼 뚝심까지 있다면 주머니 안에 넣은 송곳처럼 언젠가는 뚫고 나올 수밖에 없을 것 같아요."

"하하하. 내가 3서클에 오른 기념으로 한 턱 낸다고 해서 내 얼굴에 금칠을 해 줄 필요는 없어. 난 내 자신을 잘 아니까."

"아무튼 대단해요, 형. 쉽게 마법을 배우고 구현할 수 있는 쉬운 길을 마다하고 그런 길을 택했는지 존경스러울 정도예요."

진심인지 가온을 쳐다보는 바로의 눈에는 동경과 경외의 감정이 가득했다.

"내 생각도 그래. 같은 사형제라서 그런지 가온도 우리 온 대장과 비슷한 것 같아."

"인정!"

가온은 세 사람의 칭찬에 기분이 좋으면서도 얼굴이 뜨거웠다. 살면서 이렇게 인정을 받은 적이 별로 없었다.

"배고프니까 빨리 가지요. 나는 오히려 세 사람이 어떻게 플레이를 해 왔는지 더 궁금해요."

가온은 뜨거워진 얼굴을 보여 주기 싫어서 그렇게 말하며 발걸음을 재촉했다.

오랜만에 만났음에도 세 사람과의 자리는 즐거웠다.

일단 좋은 사람들과의 자리였고 오랜만에 먹은 파스타도 맛집답게 정갈하면서도 맛이 있었다. 거기에 와인 맛도 훌륭했기 때문에 분위기가 안 좋을 수 없었다.

그래도 마지막은 역시 오피스텔 1층에 있는 치킨집에서 장식했다.

잔뜩 흥분한 세 사람은 가온에게 비밀을 털어놓았다.

"프리우스급 캡슐이라고?"

"그렇다니까요. 온 대장님이 저희를 위해서 그런 조건을 내걸었는데, 그쪽 그룹이 수락을 했어요."

바로가 소곤거리며 말했다.

"초랭커의 비밀이 바로 캡슐이었네."

"별로 놀라지 않는 것을 보니 형도 그런 소문을 믿고 있었나 보네요?"

일부러 놀라는 척을 하는 것도 우스워서 침착하게 반응했더니 세 사람이 오히려 더 놀라는 것 같았다.

"소문이라는 것이 원래 지필 장작이 있어야 나는 거잖아. 하이랭커들은 게임 방송에 광고로 엄청난 인기와 돈을 쓸어 담는데 그들보다 레벨이 훨씬 높은 초랭커들에 대한 정보는 거의 알려지지 않았으니 이상할 수밖에."

"맞아요. 저도 늘 그게 이상했거든요. 아니, 어나더 문두스를 즐기는 플레이어들이라면 모두 초랭커들이 왜 모습을 드러내지 않는지 궁금해할 수밖에 없어요."

"난 사실 그런 그룹들이 존재할 거라고 예상했어. 국가를 압도하는 세이뷰어 컴퍼니의 막강한 영향력도 이상하고."

"사실 저도 그런 세력까지는 몰라도 어나더 문두스 개발에 참여한 16개 국가가 초랭커들과 밀접한 관계가 있을 거라고 생각했어요. 그래서 온 대장님의 말씀을 듣고도 크게 놀라지 않았지요."

헤븐힐과 매디 남매는 순순히 세상을 암중에 이끌어 가는 거대 세력들의 존재를 받아들이고 있었다.

"그럼 세 사람은 앞으로 초랭커 그룹에 들어가겠네?"

"그렇겠죠."

"나는 그런 건 별로 관심 없어. 그저 다른 클랜원들과 항상 함께할 수 있다는 것만으로 만족해."

"저도 그래요. 어차피 그룹에 소속된다고 해도 온 대장님이 자유롭게 행동할 수 있도록 조건을 달아 두었으니 별로 관심도 없고요."

프리우스급 캡슐을 받기로 한 세 사람의 기대감은 대단했다. 그동안 플레이하면서 접속 시간의 제한 때문에 온 클랜에 폐를 끼치고 있다고 생각해 왔던 것이다.

"모두 축하해요."

가온은 담담한 얼굴로 얼마 후면 프리우스급 캡슐 사용자가 될 세 사람을 축하해 주었다.

"형한테는 좀 미안하네."

"자랑만 한 것 같아서 저도 좀……."

"미안해하지 않아도 될 것 같아. 가온이 얼굴 봐. 자신만의 플레이를 우직하게 하고 있는데 뭐가 미안해."

매디 남매는 좀 미안해했지만 헤븐힐은 달랐다.

그녀의 말을 들은 두 사람은 그제야 고개를 끄덕이며 얼굴을 폈다.

"그나저나 고민이야."

"뭐가요, 언니?"

남은 맥주를 한 번에 마셔 버린 헤븐힐은 진지한 얼굴이 되었다.

"앞으로 어떻게 살아야 할지 말이야."

"……저도 생각이 많긴 해요."

"흐음. 나만 고민하는 게 아니라서 다행이긴 하네."

가온만 무슨 소리인지 몰라 세 사람을 번갈아 쳐다봤다.

"샤를이라는 플레이어로부터 초랭커들에 대한 얘기를 대충 들었어. 비밀로 유지해 달라고 했지만 가온 앞에서 굳이 숨길 필요는 없지."

"무슨 얘기인데요?"

가온은 샤를이 자신이 모르는 얘기를 세 사람에게 한 것 같아서 물었다.

"프리우스급 캡슐을 받으면 세이뷰어 측과 따로 계약을 해야 한다고 했어."

처음 듣는 소리였다. 분명히 샤를의 배후 세력이 보낸 대표자로부터 그런 소리는 듣지 못한 얘기였다.

"프리우스 캡슐에 대한 모든 내용의 발설 금지부터 시작해서 자신이 사는 장소와 가까운 곳에 위기 상황이 닥쳤을 때 요청을 하면 반드시 출동을 해야 한다는 등 감수해야 할 사항들이 꽤 있더라고."

"언니만 그게 걸리는 게 아니구나."

"나는 다른 것은 괜찮은데 개인적인 수익을 창출하는 활동을 전혀 못 한다는 내용이 걸려."

가온은 내심 화가 치밀었다. 자신과 얘기를 할 때는 캡슐에 대한 비밀만 엄수하면 된다는 식으로 얘기를 했던 것이다.

"사실 그런 건 큰 문제가 아니야. 정말 고민이 되는 건 프리우스급 캡슐을 이용해서 어나더 문두스를 플레이하게 되면 현실에서 내 존재가 사라질 것 같다는 거야."

"맞아요. 샤를 일행과 얘기를 해 보니 그들은 아예 거대한 기지와 같은 지하 시설에서 따로 생활을 하는데, 캡슐을 벗어나는 일이 거의 없다고 하더라고요."

"나는 프리우스급 캡슐을 사용한다고 해도 특별한 일이 아니면 매일 나올 생각인데요. 게시판도 관리해야 하고 가끔은 이렇게 좋은 사람들도 만나야 하잖아요."

"좋은 생각이야. 다만 내 경우에는 현실에서 관심을 둘 요소가 거의 없다는 거야. 그래서 로그아웃을 하지 않고 플레이를 하게 되면 언제라도 그곳에 머무를 것 같거든."

"우리와 같은 경우에는 일주일에 한 번은 무조건 집에 들러 부모님과 식사를 해야 해요. 언니도 그러면 되지 않을까요?"

"나도 그러고는 싶은데 부모님을 뵐 때마다 진로에 대한 압력을 주셔서 너무 스트레스를 받거든. 사실 이제 트라우마도 거의 극복해 가고 있지만, 의사 생활보다는 어나더 문두스의 힐러 겸 버퍼로 살아가는 것이 훨씬 더 재미있고 살아 있는 것 같아. 이런 상태라면 캡슐 밖으로 나오지 않고 살아갈 것 같아서 좀 걱정이야."

혜븐힐의 말에 격하게 고개를 끄덕이는 것으로 보아 매디와 바로는 이해하는 것 같았다. 물론 이미 그런 생활을 하고 있는 가온도 크게 공감하고 있었다.

"프리우스급 캡슐이 아니더라도 누나와 같은 고민을 하는 젊은이들이 한둘이 아니에요. 현실에서 이미 자리를 잡고 인정을 받으며 살아가는 이들을 제외하고는 큰 의미도 없고 보람이나 재미도 없는 사회의 부속품으로 살아가는 것보다는 어나더 문두스를 즐기며 최소한의 생활비를 버는 생활을 더 선호해요."

"바로의 말대로 제 주위에도 현실 활동은 최소화하고 어나더 문두스만 플레이하면서 살아가는 이들이 꽤 많아요. 그래서 걱정을 하는 가족들과 심한 갈등을 겪고 있고요."

"우리처럼 돈이라도 잘 벌면 그래도 그런 가족의 압력을 견디거나 극복할 수 있는데 대부분은 그렇지 않으니 문제가 될 수밖에 없지요. 전 그래도 대학까지 나오고도 제대로 된 직업을 얻으려면 해외로 나가야 하는 현실보다는 이게 더 낫다고 생각해요."

가온은 굉장히 심각한 세 사람의 대화에 전혀 낄 수가 없었다. 한 번도 이런 문제를 두고 심각하게 생각하게 생각해 보지 않았던 것이다.

'내가 사는 진짜 세상은 탄 차원이니…….'

생각해 보니 자신이야말로 이들이 걱정하는 최종판인 모습으로 살아가고 있었다. 심지어 부모님을 언제 만났는지 바로 기억이 나지 않을 정도였다.

"언니, 그럼 우리 약속 하나 해요."

"무슨 약속?"

"특별한 일이 아니면 적어도 일주일에 한 번은 이 멤버로 만나서 맛집 탐방을 하든 함께 운동을 하든 하자고요. 스트레스 받는 일은 그 전에 끝내고 모임에서 스트레스를 날려 버리자고요."

"풋! 무슨 계라도 하자는 거야?"

"어쨌거나 정기적으로 만남을 가지려면 로그아웃을 해야 하잖아요. 다른 만남이야 기대할 것도, 재미도 없으니 구속력이 약하겠지만 우리의 만남은 다르잖아요."

매디의 말에 헤븐힐과 바로가 고개를 끄덕이더니 가온에게 눈길을 주었다.

"나도 같이하자고?"

"당연하죠."

"그래. 온이 네가 마법 수련에 푹 빠진 건 잘 알지만 너도 가끔은 쉬어야 하지 않을까?"

"형, 그래요! 우리가 현재 누리고 있는 것이 따지고 보면 모두 형 덕분에 얻은 것인데 형이 빠지면 모임이 제대로 되겠어요?"

결국 가온은 세 사람의 간절한 눈빛을 외면하지 못했다.

하지만 그들에 대한 의리 때문에 정기적인 모임을 가지려고 하는 건 아니었다. 부모님을 만나거나 현실감을 유지하기 위해서도 그렇지만, 언젠가 벼리가 마법 수련을 하도록 해 주겠다고 했던 약속도 마음에 걸렸다.

그렇게 앞으로 주에 한 번씩 정기적인 모임을 가지기로 해서 그런지 네 사람은 서로와 한층 가까워진 것 같은 기분을 느꼈다.

새로운 의뢰

가온은 남은 사흘의 휴가 동안 부모님과 함께 시간을 보냈
다. 다행히 엄마가 휴가를 낼 수 있어서 맞추어 여행을 갈 수
있었다.

그동안 집에 내려가지 못한 것은 물론 연락조차 못 한 미
안함에 가온이 제의해서 이루어진 여행이다.

물론 현실 여행은 아니었다. 어나더 문두스에서 만나서 휴
양지로 유명한 파르한도스섬을 방문한 것이다.

푸른 하늘, 작렬하는 태양, 시원하면서도 부드러운 바람,
고운 모래가 깔려 있는 해변. 바닥까지 훤히 들여다보이는
옥빛 바닷물, 새하얀 요트, 넣기만 하면 미끼를 무는 다양한
물고기, 다양하고 풍미 가득한 해산물과 섬 특산인 신선채,

자연의 풍광을 즐기는 사람들이 여행을 풍성하게 만들었다.

현실의 해외여행이라면 소매치기부터 시작해서 여행객의 돈을 노리는 악덕 상인과 외부인에 적대적인 주민들의 시선들까지 눈살을 찌푸리게 만드는 요소들이 많았지만 이곳은 그렇지 않았다.

마수와 몬스터 창궐 사태에서 자유로운 파르한도스섬은 정말로 지쳐 있던 몸과 영혼이 힐링 되는 것 같은 자연을 간직한 곳이었다.

당연히 관광에 소요되는 비용은 만만치 않았지만, 그만큼 제대로 대접을 받을 수 있는 곳이었다.

안전 문제도 걱정할 필요가 전혀 없었다. 파르한도스는 어느 왕국의 영토도 아니었지만 안전에 필요한 강한 전력을 갖추고 있었다.

섬과 가까운 내륙의 귀족 가문에서 봉사하던 기사들 중 적지 않은 숫자가 여행을 왔다가 이곳에 정착한 경우가 꽤 많았다. 그들이 돈을 벌 겸 이곳에서 활동을 하고 있었다.

파르한도스섬이 기사들에게 인기가 있는 이유가 있었다. 남녀 교제에 자유로운 생각과 매력적인 미모를 갖춘 처녀들이 많았던 것이다. 뛰어난 자연 풍광만큼이나 말이다.

주로 귀족 여행객이 방문하는 고급 휴양지인 파르한도스섬 사람들은 마수와 몬스터 창궐 사태로 인해서 궁핍한 생활을 하고 있다가 돈도 잘 쓰고 말썽도 거의 일으키지 않는 이계인들이 방문하자 무척 반기고 친절하게 응대했다.

그게 어느새 소문이 나서 경제적인 여유가 있는 이계인들, 즉 플레이어들이 가장 많이 찾는 관광 명소가 되었다.

가온은 첫 해외여행을 어나더 문두스에서 한다는 사실이 무척 신기했지만 부모님만큼이나 만족했다.

"아들 덕분에 제대로 여행을 즐겼어!"

"호호호. 맞아요. 휴가가 끝난 것이 너무나 아쉬울 정도로 제대로 쉰 것 같아요."

집에 내려간 가온은 부모님을 보자마자 사실 방학 내내 어나더 문두스에 푹 빠져서 플레이하느라고 연락조차 못 해서 너무 죄송하다고 용서를 빌었다.

그리고 부모님이 어떤 반응을 보이기 전에 플레이 중에 운이 좋아서 꽤 비싼 아이템을 획득한 덕분에 공돈을 벌었다고 여행을 제의했다.

안 그래도 눈치가 연락이 없는 아들을 단단히 혼내겠다고 벼르고 있었던 것 같았던 엄마가 환호했다. 그동안 대출 때문에 국내 여행은 몇 번 다녔지만 해외는 나가 보지 못했기에 바로 반응한 것이다.

이제 그럴 여유가 생겼지만 그동안의 생활 습관이 당장 바뀌는 것은 아니어서 해외여행은 엄두도 내지 못했던 엄마였기에 더욱 좋아했다.

물론 아빠는 현재 하고 있는 길드 활동 때문에 잠시 망설였지만 아내와 아들이 주장하니 어쩔 수 없이 받아들였다.

그래 놓고는 누구보다 여행 내내 즐겼지만 말이다.

"다음에는 다른 곳으로 여행을 가자."

"좋은 의견이에요. 다들 바쁘니까 3개월에 한 번 정도는 어나더 문두스에서 여행을 하자고요."

결혼 후 몇 번 정도밖에 여행을 안 가 본 부모님이 그렇게 말할 정도로 이번 여행의 만족도가 높았다.

"저도 좋아요."

3개월에 한 번 정도 시간을 내는 건 어렵지 않다. 그때마다 가온은 온 캐릭터로 접속을 해야 한다는 점만 뺀다면 귀찮을 일도 없었다.

잠시 한곳에서 게임을 즐기던 엄마와 아빠는 결국 본인의 취미를 제대로 즐길 수 있는 도시를 선택해서 따로 플레이하고 있었다. 취미나 어울리는 그룹이 전혀 달랐던 만큼 어쩔 수 없는 결정이었다.

물론 그래도 캡슐을 나오면 바로 만날 수 있으니 대화가 좀 줄어든 것을 제외하고는 문제가 될 건 없었다. 아무튼 그렇게 아빠는 아빠대로, 엄마는 엄마대로 어나더 문두스를 즐기고 있었다.

경비가 현실 기준으로 생각해도 꽤나 많이 나왔지만 문제가 되지는 않았다. 그의 아공간에는 골드는 물론이고 당장 환금이 가능한 보물들이 수도 없이 많았다.

아무튼 가온이 꽤 많은 경비를 댄 여행 덕분에 가족 간의 관계는 돈독해졌다.

오랜만에 집에 돌아왔다.

가족과 함께 지내다가 변변한 가구도 없는 집에 돌아왔지만 쓸쓸하거나 외롭지는 않았다.

ㅡ오빠!

비록 홀로그램에 불과했지만 그를 열렬하게 반겨 주는 벼리가 있었다.

"잘 지냈어?"

ㅡ그럼요. 덕분에 마법에 푹 빠져 있었어요.

"그래? 고생했네."

ㅡ고생은요. 아무튼 이번의 집중 수련으로 3서클까지의 마법은 거의 모두 펼칠 수 있게 되었어요. 그것도 주문을 꽤 단축시켜서 빠르게 펼칠 수 있게 되었고요.

영재 혹은 천재라고 불린, 수없이 많은 마법사들이 대를 이은 연구를 통해서 단축된 주문을 더 단축했다니 정말 대단했다.

"말만 해 놓고 지키지 못해서 미안해. 앞으로 많이 도움이 되겠어."

물론 앞으로도 자신은 마법은 별로 쓰게 될 것 같지 않았지만 예전에 벼리와 약속한 대로 그럴 일이 생긴다면 벼리가 알아서 잘 쓸 것이고 그렇게 되면 제대로 된 마검사로서의 위력을 발휘할 수 있었다.

─아니에요. 좋은 마법사나 정령사 동료들도 있고, 오빠의 검술 실력이 너무 빠르게 높아져서 굳이 마법을 활용할 일이 없어서 그런 것이지, 오빠가 제 존재를 잊거나 절 무시해서가 아니잖아요. 미안해하지 마세요.

"그렇게 생각해 주면 고맙고. 그런데 별일은 없었어?"

지금쯤이면 토벌군이 총공세에 들어갔을 거라고 짐작했기에 묻는 것이다.

─다들 수련에 매진해서 별일, 아! 붉은곰 용병단으로부터 이상한 통신이 들어왔어요.

붉은곰 용병단이라면 고문이 된 반 홀랜드가 단장을 맡고 있었다.

"어떤 내용이지?"

─1왕자가 비밀리에 온 클랜을 찾고 있다고 해요.

"우리 클랜을?"

전혀 예상하지 않았던 일이다. 토벌군은 온 클랜이 전멸했다고 여길 거라고 생각했던 것이다.

─네, 오빠. 온 클랜이 그때 상황에서 벗어난 것은 붉은곰 용병단의 반 홀랜드의 행동을 통해서 짐작한 것 같아요. 아무래도 1왕자가 따로 의뢰를 하려는 것 같아요.

"의뢰라……."

내키지 않는다. 어쩌면 그 사태를 1왕자가 방치했을 수도 있다고 생각했으니 말이다.

–오빠 별로 안 내키는 것 같지만 일단 무슨 일인지 알아보는 게 좋지 않을까요?

"일단 들으면 거절하기가 쉽지 않을 것 같아서 그래."

–그래도 1왕자는 토벌군의 수뇌 중 한 명이기 때문에 점보 던전을 클리어한 보상에 대해서 자세하게 알지 않을까요?

그러고 보니 왕위를 물려받을 가능성이 높은 1왕자가 굳이 점보 던전의 클리어에 목을 맬 필요는 없었다. 막말로 동생들보다 낫다는 것 정도만 증명하면 되는 것 아닌가.

그 정도의 지위에 있는 자가 갓상점에서나 쓸 수 있는 명예 포인트가 욕심이 나서 온 클랜을 비밀리에 찾아서 의뢰를 할 정도로 적극적인 태도를 견지한다는 것은 사실 말이 안 된다.

'정말 알려진 대로 왕위를 물려받기 위해서 그런 걸까?'

물론 초랭커들이 말한 대로 차원을 건너갈 수 있는 권한이라는 다른 보상도 있지만 그건 탄 차원에서 온갖 향락과 권력을 누릴 수 있는 1왕자에게는 의미가 크지는 않다.

가온은 던전 클리어에 대한 왕국들의 태도에는 뭔가 더 큰 비밀이 숨겨져 있을 거라고 추정했다.

어쩌면 지구의 초랭커들이 말한 대로 차원 간의 융합으로 인해 더 큰 위기가 도래하기 전에 던전들을 부수거나 아예 차원을 건너가서 위험요소를 제거하는 내용일 수도 있었지만 다른 문제가 더 있을 수도 있었다.

"그래. 일단 1왕자를 만나 봐야겠다."

가온은 그렇게 결정을 내렸다.

'뭐 돈이야 이제 충분하지만 더 많아서 나쁠 건 없지.'

자신은 이미 점보 던전의 클리어에 큰 업적을 세웠다. 던전의 세 보스 중 둘을 잡아 죽였고 차원석 중 두 개를 확보한 것이다. 온 클랜이나 의뢰를 한 이계인들 역시 마찬가지다.

그러니 뒤치기를 하겠다고 계획한 것도 상황이 안 좋으면 굳이 할 생각은 없었다. 이미 복수는 끝냈으니 말이다.

가온은 반 홀랜드와 함께 약속 장소로 향했다. 아직 던전을 벗어나지 않고 고원 아래쪽에서 사냥을 하고 있는 붉은곰 용병단 숙영지에서 1왕자 측 인사를 만나기로 한 것이다.

당연히 반이 가지고 있는 텔레포트 스크롤을 이용했다. 만약의 상황이 벌어지면 반이 지원을 가기 위해서 준비한 것으로 고원 바로 아래쪽에 있는 한 장소의 좌표가 기록된 스크롤이었다.

"하하하! 다들 낯빛이 좋군!"

반 홀랜드는 헤어진 지 얼마 안 되는 기간이자만 단원들이 반가웠는지 일일이 포옹을 하며 활짝 웃었다. 물론 가온을 소개하는 것도 잊지 않았다.

붉은곰 용병단원들은 용병단을 창설해서 지금까지 잘 이끌어 온 반 단장을 홀려 고문으로 영입한 가온에 대한 관심이 높았지만, 궁금증을 풀 여유는 없었다.

인사를 마치자 가온은 주위를 좀 둘러보겠다며 바로 비행 아이템을 장착하고 하늘로 날아올랐다. 붉은곰 용병단을 만나러 이곳에 온 것이 아니었던 것이다.

인간이 마치 새처럼 날아오르는 모습을 본 붉은곰 용병단원들은 부러운 얼굴로 한참 동안 눈을 떼지 못했다.

그런데 반과 눈빛을 교환하는 것만으로 인사를 나누었던 현 단장 미노스의 눈은 자신에게 귀찮은 일을 넘기고 도망친 선배에게 고정되어 있었다.

"왜 그렇게 부담스러운 눈으로 보는 거냐?"

"……혹시 넘은 거요?"

반을 대신해서 붉은곰 용병단을 이끌게 된 미노스가 믿어지지 않는다는 얼굴로 조심스럽게 물었다.

"아직은 아니지만 조만간 넘을 것 같다."

반은 온 클랜원이 된 후 일어난 변화를 미노스에게 숨기지 않고 얘기를 했다. 그는 그만큼 반이 믿을 수 있는 지인이었다.

온 클랜에 합류한 반은 나크 훈의 조언에 따라 같은 처지의 제어컨과 함께 산공을 하기로 했고, 다행히 성공했다. 그리고 그동안 획득한 명예 포인트로 스킬이 아니라 이론서를 구매했다.

갓 상점에서 구입한 이론서는 한번 정독을 했다고 모두 이해할 수 있는 것은 아니지만, 이해력이 부족한 사람도 일정 수준까지는 이해할 수 있는 효과가 있었다.

덕분에 대다수의 기사나 용병처럼 어느 순간부터는 실전을 중시하고 검술 이론에는 담을 쌓고 살아왔던 두 사람은 새로 쌓기 시작한 순수한 마나와 마나에 대한 폭넓은 이해를 바탕으로 단번에 앞을 가로막고 있는 벽을 어느 정도 부술 수 있었다.

거기에 마핀과 자이언트 웜의 마정석을 코어로 하는 마나 집적진을 사용하고 삼시 세끼 영약이나 다름없는 음식물을 섭취하다 보니 마나가 무서운 속도로 불어나고 있었다.

특히 육체적인 능력까지 높여 주는 마핀의 마정석 덕분에 연공을 하고 나면 미세하게나마 몸이 젊어지고 있었다.

매일 보는 동료들은 그 변화를 인지하지 못했지만 미노스처럼 오랜만에 본 사람은 반 홀랜드가 몇 년 정도 젊어 보인다는 사실을 알 수 있었다.

반 홀랜드가 새로운 경지에 올랐다는 사실을 미노스가 눈치챈 것도 회춘한 것 같은 외모 때문이었다.

반으로부터 그간의 얘기를 다 들은 미노스의 눈빛이 강렬해졌다.

"그럼 온 클랜은 실제로는 용병 단체라기보다는 검술관이라는 겁니까?"

"그런 것 같다. 기존의 대원들 모두 나크 훈 고문의 철월 검류를 익히고 있으니까. 그래서인지 사고방식이나 행동거지가 용병이라기보다는 기사에 가까워. 그렇다고 규율이 강한 것은 아니지만, 우리가 아는 용병들과는 달리 구성원들끼리 굉장히 강한 결속력을 가지고 있어. 꼭 가족 같아."

반도 용병 업계에서는 거의 전설이나 다름없는 존재였지만 온 클랜과 같은 용병 단체는 듣거나 보지 못했다.

"형님, 온 대장은 어떤 사람입니까?"

"크음. 멋있지. 용병이라기보다는 기사에 가깝지만 자유로운 사고방식을 보면 마법사와 비슷하고. 무엇보다 클랜원을 가족처럼 아끼고 뭐든 진심으로 도와주려고 해. 지난 시절의 내가 부끄러워서 미칠 정도로."

미노스는 워낙 닳고 닳아서 누구도 진심으로 칭찬하지 않는 반 홀랜드가 이렇게 경외심을 담은 얼굴로 누군가를 평가하는 모습은 처음 봤다.

"형님, 혹시 온 클랜에 내 자리도 있소?"

미노스의 말에 반 홀랜드가 잠시 눈을 끔뻑거렸다.

"네 자리? 붉은곰은 어쩌고?"

"알아서 잘살겠지요. 내가 왜 그딴 것을 걱정해야 합니까?"

　유서 깊은 검술관이라면 모르지만 용병 단체야 수시로 생기고 사라진다. 워낙 죽거나 다치는 경우가 많아서 그런 일은 비일비재했다.

　"음."

　자신이 직접 붉은곰 용병단을 창단하고 키워 온 반 홀랜드야 당연히 말도 안 되는 얘기였지만, 미노스는 달랐다. 검술 실력만 보면 자신보다 더 높으며 자질이나 성실함으로 따져도 자신보다 나은 사람이 미노스였다.

　그래서 안 된다고 단호하게 대답할 수가 없었다. 자신이 조금은 즉흥적으로 온 클랜에 들어가지 않았으면 미노스는 몇 년 안에 소드마스터가 될 가능성이 높았다.

　오랜 시간 동안 벽을 깨지 못하고 답보하면서 자신이 느꼈던 절망감을 생각하면 더욱 안타까웠다. 원래 단장 자리는 자신의 수련에 온전히 시간을 투자할 수가 없었다.

　자신은 그나마 미노스가 있어서 수련을 할 수 있었지 그는 단장 업무를 누구와도 나눌 수 없는 상황이었다.

　"아예 우리 붉은곰이 온 클랜에 들어가면 어떻겠소?"

　미노스가 어느새 한 점으로 변한 가온을 쳐다보면서 물었다.

　"안 될 거야. 너 혼자라면 몰라도 온 대장은 거추장스러운 것은 질색한다고 해."

반의 대답에 미노스가 고개를 끄덕였다. 불과 얼마 안 되는 기간 동안 전 단장인 반 홀랜드로 하여금 소드마스터의 길로 인도해 준 것이 분명한 온 대장의 능력이라면 붉은곰 정도의 용병단은 마음만 먹으면 순식간에 만들 수 있다.

반을 통해서 가온이 오우거 던전에서 어떤 활약을 했는지 들었지만 민간에서 도는 가온에 대한 소문 중에는 그가 루의 사자라는 내용까지 있었다.

본인만 유명한 것이 아니다. 어느새 용병단이라고 하면 모두 온 클랜을 떠올릴 정도로 강력한 전투력을 보유하고 있었고 자신이 직접 눈으로 확인했다.

"형님, 나 정말 용병단을 해체하고 온 클랜에 들어가면 안 되겠습니까?"

워낙 친해서 장난하듯 말을 하던 미노스가 정색을 하고 물었다.

"돈도 벌 만큼 벌었고 단원들도 다들 알아서 먹고살 정도의 실력을 갖추었습니다. 십여 명은 점보 던전을 나가는 대로 은퇴를 할 생각이기도 하고요. 선배도 언젠가 해체를 하려고 몇 년 동안 신입을 받지 않았던 것 아닙니까?"

"……."

물론 그렇기는 했다. 반은 언젠가는 용병단을 해체하고 은퇴한 후 미노스를 포함한 몇 명과 함께 조용한 곳을 찾아서 마지막으로 소드마스터의 벽을 깨 볼 생각을 하면서 지내왔다.

"해체를 선언하면 난리가 날 텐데?"

"이미 은퇴를 결심한 단원들을 빼면 당연히 난리를 치겠지만 형님도 떠났고 나도 떠난다고 하면 알아서 하겠지요. 안 그래도 형님이 떠난 뒤로는 대주들의 눈치가 이상했습니다."

반 홀랜드가 실력은 기본이고 과단성과 호탕한 성격으로 대원들을 이끌었다면, 오랫동안 그를 보필해서 붉은곰이 성장하는 데 큰 공을 세운 미노스는 마치 마법사나 군대의 참모와 같은 스타일이다.

반이 일을 저지르는 타입이라면 미노스는 어떻게든 그 일을 수행하고 처리하는 타입이다. 즉 반 홀랜드만으로는 붉은곰 용병단을 지금의 규모로 키우지 못했을 것이다.

감성보다는 이성을 중시하며 규율에 엄격하니 본질이 용병이라 자유분방한 단원들이 진저리를 칠 수밖에 없었다. 특히 권한이 강한 대주들은 논리적으로 압박하는 미노스에게 강한 거부감을 가지고 있었다.

반 홀랜드는 미노스가 새 단장이 된 후 꽤 스트레스를 받고 있다는 사실을 충분히 짐작할 수 있었다. 자신과는 너무 스타일이 달라서 본인은 물론 단원들도 적지 않게 스트레스를 받고 있을 테고.

"아쉬워하는 단원들도 많을 테지만 형님과 저 때문에 독립하고 싶은 욕망을 눌러 왔던 대주들에게 좋은 기회가 될 겁니다. 원래 용병 인생이라는 것이 나그네나 다름없지 않습니까."

맞다. 수십 년 동안 끊임없이 성장하고 유지되어 온 붉은곰 용병단이 특이한 것이지 대다수의 용병 단체는 필요나 상황에 따라서 해체되고 창단되기를 반복한다.

대주들만 해도 그렇다. 자신만의 용병단을 창단해도 충분할 정도의 실력이나 지도력을 갖추고 있었다.

당장 용병단을 해체하는 건 아쉽지만 자신도, 미노스도 최선을 다했다. 단원들이 쉽게 죽지 않도록 기사의 연공술과 검술을 가르쳤으며 용병이라고 무시당하지 않도록 처신에도 신경을 썼다.

그래서 단원들은 자신이 붉은곰 용병단 소속이라는 사실에 큰 자긍심을 가지게 되었지만, 그게 미노스의 향상심을 꺾을 이유는 되지 않았다.

"그래! 제어컨 형님이나 나크 훈 형님도 있으니, 어쩌면 너와 내가 있어야 할 곳은 붉은곰이 아니라 온 클랜인지도 모르겠다. 일단 온 대장에게 말을 해 보지."

"하하하. 그럴 줄 알았습니다."

미노스는 좋아라 웃고 있었지만 자신이 반평생을 바쳐 키워 온 용병단이 사라진다는 사실에 반 홀랜드는 마음이 착잡했다.

가온은 고원을 거의 다 내려온 일단의 무리를 확인하고 바로 붉은곰 용병단의 주둔지로 복귀했다.

"약속한 사람들이 30분 정도면 올 겁니다."

"수고하셨습니다."

새로운 단장인 미노스가 깍듯하게 인사를 했다.

"다들 손님맞이 할 준비를 해!"

한쪽 볼에 난 굵은 흉터를 제외하면 분위기는 마치 학자 같은데 명령을 내리는 태도를 보니 카리스마가 제법이다.

미노스의 명령에 붉은곰 용병단원들은 지체하지 않고 움직였다.

"대장, 할 말이 있습니다."

"뭡니까?"

도착했을 때만 해도 고향에 돌아온 것처럼 들떠 있었던 반 홀랜드의 분위기가 무거웠다.

"사실은……."

반의 이야기를 들은 가온은 잠시 생각에 잠겼다.

'미노스 단장은 스승님이나 두 고문의 후배이기도 하고 실력도 검기 완숙자이니 우리 클랜에 도움이 되긴 할 테지만, 분명히 그의 선택을 따라 움직일 자들이 있을 텐데.'

가온은 더 이상 대원을 늘리고 싶지 않았다. 지금만 해도 챙기는 것이 쉽지 않았기 때문이다.

돈이나 세력을 원하는 것도 아니라서 더욱 그랬다.

"세 명. 마법사와 검기 실력자까지만 받아들이겠습니다."

"고맙소!"

반은 미노스만 생각했는지 가온의 말에 크게 기뻐하며 멀찍이 떨어진 곳에서 긴장한 얼굴로 이쪽을 쳐다보고 있는 미노스를 향해 뛰어갔다.

'그나저나 3왕자는 바보인가?'

첩보 던전이 얼마나 위험한지 충분히 알고 검기를 발휘할 수 있는 단원들만 데리고 3왕자 측에 합류한 붉은곰 용병단이다.

사냥 경험으로만 따지면 기사들보다 더 뛰어난 그들을 3왕자는 왜 제대로 활용하지 못했는지 의아했다.

붉은곰 용병단에 의뢰를 하는 방식이라면 앉아서 충분히 업적을 세울 수 있을 텐데, 3왕자는 왜 이들을 이계인들과 마찬가지로 미끼로만 썼는지 이해할 수가 없었다.

'확실한 건 군주의 그릇이 아니라는 거지.'

2왕자는 잘 모르겠지만 이 나라를 생각한다면 1왕자가 국왕이 되는 게 나을 것 같다. 물론 그에게는 별로 신경을 쓸 문제는 아니지만.

가온을 만나고자 했던 사람은 놀랍게도 1왕자군의 핵심 수뇌인 라헨드라 대마법사였다.

"대마법사님!"

"하하하. 내 온 대장이 무사할 줄 알았지. 반갑네."

"그간 평안하셨습니까."

"대원들은 어떤가?"

라헨드라가 살짝 긴장한 얼굴로 물었다.

"다행히 몸을 뺄 수 있었습니다."

"다행이네. 그렇게 반대했음에도 대공이 밀어붙이는 바람에 어쩔 수가 없었네."

라헨드라는 진심으로 미안해하고 있었다.

"아닙니다."

가온은 굳이 가제타와 레너드가 행한 비겁한 짓까지는 언급하지 않았다. 1왕자가 따로 챙기지 않은 것은 섭섭했지만, 둘이 대공의 명령을 받았다면 나머지 지원대로는 어쩔 수 없었을 것이다.

"아무튼 전하의 명을 받아서 온 대장에게 의뢰를 하려고 찾아왔네."

"경청하겠습니다."

"머지않아 리치 본진과 붙을 것 같네. 코벨리아라는 흑마법사가 합류한 후에 토벌군의 전력이 크게 증강되었거든."

"그렇다고 들었습니다."

"자네가 해 줄 일은 리치 본진의 뒤를 치는 걸세. 우리가 본진 정면을 맡기로 했으니 감안해서 공격하면 될 걸세."

세 왕자 모두 리치가 도사리고 있는 본진을 맡겠다고 주장하는 바람에 전투가 지지부진하다고 하더니 어떻게든 그 역할을 맡은 모양이다.

안 그래도 양측의 전투가 심화될 때 뒤를 칠 생각을 하고 있었는데, 돈까지 준다면 굳이 거부할 필요가 없었다.

이런 경우 업적이 모두 1왕자에게 가는지, 아니면 일정 비율로 분배가 되는지 알 수는 없지만 이미 세 보스 중 둘을 처치한 상황이라서 업적은 더 이상 세울 필요가 없었기에 마음 편하게 의뢰를 받아들여도 된다.

하지만 바로 수락 여부를 결정할 수는 없었다. 가장 중요한 내용이 안 나왔으니 말이다.

"온 클랜의 전력으로 어느 정도의 피해를 입힐 수 있나?"

그래, 1왕자 측도 의뢰 대금을 정하기 전에 당연히 확인해야 할 내용이다.

"어느 정도를 원하십니까?"

"가능하면 많은 숫자를 감당해 주면 좋겠네. 토벌군은 중군인 우리가 리치 본진을 상대로 시간을 끄는 사이에 2왕자군과 3왕자군이 빠른 시간 내에 양익을 초토화시키고 전진해서 죽음의 군단을 포위하는 방식으로 처리하려고 하네."

학익진이다.

"중군은 후퇴를 하면서 시간을 벌어야겠군요?"

"원래는 그러하지만 우리는 굳이 그러고 싶지 않네."

학익진은 원래 일렬횡대인 일자진(一字陣)을 취하고 있다가 적군이 공격을 하게 되면 중앙의 부대는 뒤로 차츰 물러나면서 적을 끌어들이고 좌우의 부대가 앞으로 달려 나가 좌우에서 적군을 포위 공격하는 진형이다.

당연히 중앙의 전투가 가장 격렬할 수밖에 없으며 적의 공격을 감당하면서 조금씩 물러나는 것이 요체다.

그런데 라헨드라는 1왕자군이 물러나는 대신 적의 부대 일부가 뒤로 빠지는 것으로 적의 공격을 감당하는 전공을 세우려는 것이다.

'왜 굳이 이렇게 하지?'

문득 그런 생각이 들었다.

던전의 비밀

"온 대장은 전략 전술에 밝으니 왜 1왕자군이 제대로 전술을 수행하지 않는지 궁금할 걸세."

라헨드라는 가온의 생각을 짐작하는지 그렇게 말했다.

"사실 우리는 2왕자군과 3왕자군의 전력을 믿을 수가 없네. 2왕자군의 경우 대공 측이 가세했고 3왕자군은 용병과 이계인 들이 다수 참전했지만 말이야."

라헨드라가 어떤 걱정을 하고 있는지 알 수 있었다.

원래 학익진을 제대로 써먹으려면 적의 중심부를 담당하는 부대의 전력이 월등히 높아야 한다.

아무래도 초반의 경우 중앙 측에서 벌어질 교전이 가장 격렬할 수밖에 없는 것이다.

좌우 양측이 계획대로 빠르게 밀고 올라가서 포위를 하지 못하면 가장 격렬한 공격을 감당할 중군이 위험했다.

　최악의 경우 좌우 양측을 맡은 두 왕자군이 일부러 진군 속도를 조절해서 중군이 심각한 피해를 입을 때까지 기다릴 수도 있었다.

　아마 그래서 2왕자군과 3왕자군이 중군을 양보한 것 같은데, 라헨드라는 그런 위험을 온 클랜을 이용해서 줄이고 최대한 전공을 세우려는 것 같았다.

　'이런 상황에서도 서로 견제를 하다니 어지간하네.'

　유사 이래로 권력 때문에 형제는 물론 부자간에도 피를 흘린 경우가 허다하니 이해하지 못할 건 아니었다.

　"어떤가?"

　"최소 5천 마리 이상은 감당하겠습니다."

　여차하면 마핀 구울들까지 활용할 수 있으니 그 정도는 별 문제가 없었다.

　"허허허. 역시 기대하던 그대로군."

　라헨드라는 자신이 기대하던 것보다 많은 숫자에 무척 기뻐했다.

　"보상은 어느 정도 수준입니까?"

　미리 액수는 들었지만 가능하면 더 받아야만 했다. 적은 숫자로 1왕자군이 기대하는 숫자를 유인하고 감당하려면 대원들도 목숨을 걸어야만 했다.

"100만 골드에 데미갓급 아이템이네."

"데미갓급 아이템요?"

골드로만 의뢰를 할 줄 알았는데 아이템, 그것도 데미갓 등급이라니 마음이 동했다.

"공격용은 아니지만 받은 충격량의 9할 정도를 줄여 주는 전신 타이즈 형태의 방어구이네."

공격력을 높여 주는 아이템도 좋지만 이런 아이템이 있다 면 변형 아이템인 파르를 피부와 밀착된 투명 방호구로 사용 하는 현재보다 다양하게 활용할 수 있다.

가온은 결국 결정을 내렸다.

"좋습니다! 의뢰를 접수하겠습니다."

어차피 할 일인데 돈과 데미갓급 아이템까지 얻을 수 있다 니 안 할 이유가 없었다.

굳이 대원들과 의논할 필요도 없었다. 이미 하기로 결정된 내용이었다.

라헨드라는 가온이 의뢰를 수락하자마자 마치 불안한 사 람처럼 계약금부터 꺼내 들었다. 무려 50만 골드였다.

'요즘 같으면 금방 부자가 되겠네.'

이렇게 큰돈을 바라고 어나더 문두스를 시작한 것은 아니 지만 돈이 많아서 나쁠 건 별로 없었다.

"그리고 이건 방금 말한 데미갓급 방어복이네. 원래 의뢰 를 완수하면 지급해야 하지만, 선지급하는 것이 의뢰에 도움이 될 거라고 전하께서 용단을 내리셨네."

라헨드라가 내민 것은 주먹 크기로 뭉친 얇은 천이었다.

신축성이 좋은지 손으로 풀어 보니 들은 대로 전신 타이즈 형으로 코와 눈 그리고 입을 제외한 모든 부위를 가릴 수 있었다.

'이게 정말 데미갓급 아이템일까?'

1왕자가 던전에 들어오면서 챙긴 것이니 보통 아이템은 아니겠지만 외관은 라헨드라가 한 말처럼 그렇게 대단해 보이지 않았다.

하지만 벼리의 의견은 달랐다.

─대단해요!

'뭐가?'

─적어도 열두 가지 종류의 실을 사용해서 짠 천으로 제작했어요. 그 실들은 모두 동물의 힘줄로 특별한 마법으로 가공한 것 같고요. 검기 정도로는 베이거나 찢을 수 없을 정도로 방호력이 우수해요. 거기에 충격을 흡수하는 것에 더해서 반발력을 이용해서 상대에게 일정한 타격을 줄 수도 있는 아이템이에요. 또한 자가 수복 마법도 걸려 있어서 찢어지거나 베어져도 시간이 지나면 원상 회복이 돼요.

동물의 힘줄을 어떻게 가공해야 이렇게 얇고 신축성이 좋은 실로 만들고 천으로 짤 수 있을까?

아무튼 검기를 방호할 수 있고 자가 수복 마법까지 걸려 있다면 데미갓급 아이템이 맞았다.

그런데 라헨드라가 꺼낸 건 돈주머니와 아이템만이 아니었다.

"이건 포션 종류이고 이건 이번 전투를 위해 특별히 주문 제작한 화살인데, 폭발력이 상당히 강하니 적절히 사용하도록 하게. 많이 주고 싶지만 우리 쪽도 수량이 많지 않아서 500개만 가져왔네. 참고로 위력은 익스플로전의 절반 정도라네."

뜻밖의 선물은 바로 폭발 화살로 가온이 던전 밖에서 블랙펄 상단의 수뇌부로부터 얻은 그 아이템이었다.

"폭발 화살이 있을 줄은 몰랐습니다."

"왕실 전속 대장장이였던 드워프 혼혈이 이계인들의 아이디어를 받아들여서 개발했다고 들었는데, 단가는 무척 높지만 위력이 아주 뛰어나다고 하네. 원래 이 물건은 온 대장에게 줄 수가 없는데 흑마법사들이 가세하면서 여유가 생겼네."

"감사합니다."

진심으로 고마웠다. 이제 아공간에 들어 있는 폭발 화살들을 공개적으로 사용할 수 있게 된 것이다.

"감사는. 의뢰만 완수해 주게."

"그거야 당연한 일입니다. 아! 계약과 관련해서 한 가지 알고 싶은 것이 있습니다."

진정한 용건이 남았다.

"뭔가?"

이미 의뢰를 수락했다. 그러니 들어주면 좋은 것이고 안 들어줘도 할 수 없었지만 궁금증을 참을 수가 없었다.

'꼭 알아내야지.'

"무력도 그리 뛰어나지 않은 세 왕자가 왕국의 정예들을 총동원해서 이 점보 던전을 클리어하려는 진정한 목적이 무엇입니까? 아니, 다섯 왕국이 각처에 창궐한 마수와 몬스터를 놔두고 점보 던전부터 클리어하려는 목적이 뭡니까?"

"끄응."

가온의 질문에 이제까지 환하기만 했던 라헨드라의 얼굴이 딱딱하게 굳으며 침음을 흘렸다.

"어떻게 그런 것을 생각하게 되었나?"

"왕위 계승과 관련된 것은 아닌 게 확실한 것 같더군요. 아무리 왕위가 걸려 있다고 해도 소드마스터라고 해도 방심하면 죽을 수 있는 위험한 던전을 기사 실력도 안 되는 세 왕자가 클리어하는 막중한 책임을 지고 들어왔다고 생각하기에는 어색하고 이해가 안 됩니다."

가온의 말에 라헨드라는 무심코 고개를 끄덕였다. 긍정한다는 얘기였다.

'확실히 뭔가 큰 비밀이 있기는 하군.'

라헨드라는 잠시 고민을 하더니 이내 결정을 내렸는지 가온을 똑바로 쳐다봤다.

"아는 사람이 많지 않으니 비밀로 해 주겠나?"

"약속하겠습니다."

"좋네. 얘기해 주지."

라헨드라가 드디어 입을 열었다.

"10년 전, 대륙의 모든 신전에 여신의 신탁이 동시에 내려졌네."

여신이란 이 탄 차원의 유일신인 '루'를 말하는 것이다.

"신탁요?"

"그렇다네. 내용인즉슨 우리 세상이 다른 세상과 합해지는 초유의 위기가 곧 발생한다는 것과 그 전조로 세상에 존재하지 않았던 마수와 몬스터가 이미 등장했으며, 지금부터는 다른 세상의 일부 공간이 우리 세상에 융합된다는 내용이었네."

신탁이라니. 확실히 신(神)이 실제로 존재하는 세상다운 얘기였다.

"그게 끝은 아니었네. 여신은 자신의 신력으로 우리 세상에 나타난 이계의 공간, 즉 던전을 제대로 공략해서 없앨 경우 특별한 업적으로 인정해서 세상에 존재하지 않는 희귀하고 인간들이 찾는 보물들을 구할 수 있는 상점에 접속할 수 있는 자격과 그곳에서 물품을 구매할 수 있는 특별한 점수를 부여하겠다고 했네."

그건 바로 갓상점과 명예 포인트에 관련된 내용이었다.

"그때부터 왕가는 물론이고 고위 귀족 가문들이 던전을 찾기 시작했네. 그리고 그곳의 마수와 몬스터 들을 처치하고 명예 포인트를 획득해서 갓상점에 접속하는 방식으로 급속하게 성장했네."

거기까지는 자신이 겪은 경험과 스승인 나크 훈의 이야기를 통해서 충분히 짐작하고 있었다.

"문제는 던전의 존재를 일부만 알고 비밀로 유지했다는 사실이네. 세상이 얼마나 넓은가. 인적이 닿지 않는 험지와 오지에 던전이 생긴 경우에는 제대로 공략이 되질 않았네. 그동안 던전으로 인한 과실을 왕가와 소수의 귀족 가문들만이 챙긴 것이지. 심지어 마탑들도 최근까지 이 사실을 모르고 있었을 정도니까."

"빌어먹을 놈들!"

탐욕스러운 왕가와 고위 귀족들이 던전의 비밀을 자기들끼리만 공유한 것이다.

잘 대처했다면 수많은 헌터와 모험가 들이 보상을 노리고 모두는 아니더라도 태반을 발견해서 클리어했을 던전들이 마수와 몬스터 들을 쏟아 내어 지금 이 사태가 발생한 것이다.

'지구나 이곳이나 똑같네!'

인간, 특히 권력자들의 생리는 인종이나 차원을 가리지 않고 비슷한 모양이다.

"맞네. 빌어먹을 놈들이지. 하지만 그래도 그런 자들이 이
세상을 이끌어 가고 있네. 깡그리 치워 버리면 좋겠지만 안
타깝게도 수백, 수천 년 동안 이어져 온 질서가 흔들리면 더
큰 혼란이 도래하고 결국 그 피해는 보통 사람들의 몫이 되
어 버리고 마네. 그래서 마탑들도 나설 수밖에 없었지."

가온은 라헨드라의 말을 통해서 얼마 전부터 품고 있었던
한 가지 의문을 해결할 수 있었다.

'신전들과 달리 마탑들은 이곳에 고위급 마법사들을 파견
하지 않은 것이 이상했는데, 홀대를 당해서 그런 거였군.'

그래서 실제 마탑도 아니고 이름뿐인 왕실 마탑이 나설 수
밖에 없었던 것이다.

"그러던 차에 마수와 몬스터 들이 본격적으로 창궐하면서
새로운 신탁이 내려졌네."

"어떤 내용입니까?"

"차원 간의 융합이 본격적으로 시작되었으며 그 증거로 입
장에 아무런 제한이 없는 대형 던전이 출현한다는 내용과 그
던전을 빨리 클리어하지 못하면 융합은 가속화되어 결국 탄
차원은 멸망하고 말 거라는 내용이었네."

"그게 끝이었습니까?"

그럴 리가 없다.

"아니네. 보상에 대한 언급이 있었네."

그러니 세 왕자가 모두 나섰을 것이다. 물론 다른 국가들도 상황은 마찬가지다.

"정보 던전을 클리어하는 데 일정한 업적을 세울 경우 보물은 물론 다른 던전과는 비교할 수 없는 엄청난 명예 포인트를 획득할 수 있으며, 다른 차원으로 건너갈 수 있는 징표를 얻을 수 있다고 했네."

"다른 차원요?"

"그곳은 탄 차원보다 생명력을 포함한 모든 종류의 에너지가 농밀해서 순수한 노력만으로 검사는 능히 소드마스터가 될 수 있으며 마법사는 8서클에 오를 수 있다고 했네."

높은 등급의 검술서나 연공서가 아니더라도, 고위급 마법사의 가르침이 아니더라도 그런 경지에 오를 수 있다는 건 검사나 마법사에게 엄청난 유혹이다. 그야말로 기회의 땅이나 다름없었다.

무엇보다 소드마스터를 앞두고 정체를 겪고 있는 검사들에게는 너무나 간절한 기회일 것이다. 이를테면 지금 온 클랜에 가입한 고문들과 같은 처지에 놓인 기사들 말이다.

고위급 마법사들도 마찬가지다. 그만큼 한 계단을 오른다는 것은 올라갈수록 어려워지는 것이다.

"그게 끝이 아니네. 그곳 역시 우리 차원과 마찬가지로 다른 차원과 융합이 진행되고 있는데, 그것을 막는 데 공을 세운다면 신의 권능을 손에 넣을 수 있다고 했네."

입이 떡 벌어졌다.

'신의 권능을 손에 쥔다는 것은 신좌에 오를 수 있다는 말이잖아!'

그러니 권력자들을 포함해서 이 세상의 강자들이 점보 던전으로 몰려들 수밖에 없었다.

이제 대강의 사정은 파악했지만 아직 좀 미흡했다. 라헨드라의 얼굴에는 아직 남은 것이 있다는 표정이 떠올라 있었다.

새 대원들

가온은 모든 것을 알고 싶었다.

"그게 끝입니까?"

"핵심적인 것은 다 얘기했고 지엽적인 게 몇 가지 더 있네."

"이왕 말씀을 하셨으니 마저 얘기해 주십시오."

"알았네. 일단 차원을 건너가면 반신 이상의 격을 가진 성좌와 계약을 할 수 있다고 했네."

"반신요?"

반신이라면 말 그대로 신은 아니지만 신에 준하는 능력을 가진 존재를 일컫는 것이다.

"루가 오래전에 남긴 이야기 중에는 이런 내용이 있네. 이

우주에는 인간과 같은 고도의 지능을 가진 존재가 살고 있는 차원이 수도 없이 많으며 인간 중에서 인간을 초월하는 능력을 가지게 된 존재는 어느 한 별을 상징하며 영체로 영원히 살 수 있다는 내용이라네."

그래서 성좌라는 단어가 언급된 모양이다.

'내가 아는 존재들도 성좌에 올랐을까?'

역사서에 등장하는 이순신 장군과 같은 영웅이나 악인 들 중에는 분명히 인간을 초월하는 힘을 가진 존재들이 있기는 했다. 인간이되 초능력이라고 할 수 있는 능력을 가졌거나 말도 안 되는 업적을 세운 이들이 대표적이었다.

그런 성좌와 계약을 해서 힘을 얻는다니 흥미가 생겼다.

'재미있겠네.'

그만큼 그쪽 상황이 어렵겠지만 가온은 어느 순간부터 자신도 모르게 사냥과 전투를 통해 성장하는 것을 즐기고 있었다.

가온은 징표를 얻는 것은 따놓은 것이나 다름없었지만 차원을 건너가는 것에 강한 흥미를 느꼈다.

"다시 말하지만 지금 내가 말한 것은 비밀이네."

"일단 알겠습니다. 하지만 언제까지 비밀일 수는 없을 것 같은데요. 이미 비슷한 내용의 소문을 들은 적이 있습니다."

"그렇겠지. 하지만 이 내용이 널리 알려진다면 난리가 날 걸세."

예지몽으로
히든랭커

무엇보다 왕가와 고위 귀족가들이 자신들끼리만 던전과 갓상점에 대한 비밀을 공유했다는 얘기가 퍼지면 난리가 나긴 할 것이다.

라헨드라는 걱정할 필요가 없었다. 그런 건 가온의 관심 밖이었기 때문이다.

"그런데 노파심에서 묻는 것인데, 적어도 언데드 5천여 마리는 감당해야 하는데 무슨 좋은 수라도 있나?"

"사실 이런 상황을 상정한 것은 아니지만 대비책은 있습니다."

"뭔가?"

"코벨리아라는 흑마법사 무리만큼은 아니지만 얼마 전에 꽤 규모가 큰 사령술사 무리와 만나 당분간 함께 활동하기로 했기 때문에 언데드를 어느 정도는 감당할 수 있으니, 의뢰에 도움이 될 겁니다."

가온의 말에 라헨드라가 깜짝 놀랐다. 흑마법사나 사령술사는 그만큼 희귀한 존재였던 것이다.

"사령술사들을 영입했다고?"

"그렇습니다. 스켈레톤과 구울 제작이 전문이더군요. 대공의 눈을 피할 겸 마핀 사냥을 할 때 만났는데 실력이 제법입니다."

"아! 코벨리아가 이끄는 흑마법사들도 그렇고 이제 사령술사들도 하나둘 모습을 드러내는군."

수백 년에 걸친 토벌을 통해 이미 오래전에 맥이 끊겼다고 생각했던 흑마법사들은 물론 사령술사들까지 나타나는 현상에 라헨드라로서는 놀랄 수밖에 없었다.

　한편으로는 같은 마법사로서 그들이 대단하다고 생각했다. 본래 백마법이든 흑마법이든 어려운 조건을 충족했더라도 경지에 이르려면 많은 시간과 노력이 필요했다.

　그러니 당분간이기는 하지만 사령술사까지 끌어안은 가온이 대단하다는 생각까지 들었다.

　"그런데 그들이 거느린 스켈레톤과 구울은 얼마나 되나?"

　"스켈레톤은 대략 500마리이고 구울은 100마리 정도로 알고 있습니다."

　"구울의 전투력은 어느 정도인가?"

　스켈레톤은 물어볼 필요도 없었다.

　"검광 완숙자 정도는 되는 것 같습니다."

　"그 정도인가? 놀랍군. 코벨리아 측이 만들고 있는 본 나이트보다 더 전투력이 높군."

　가온의 대답에 라헨드라가 희색이 되었다.

　"그 정도라니 안심이 되네! 우리 측에도 흑마법사들이 배정되었지만, 코벨리아가 뒤에서 3왕자와 손을 잡은 것 같아서 내심 걱정하고 있었네."

　그럴 가능성은 적었지만 1왕자 측에 배정된 흑마법사들의 실력이 낮을 경우 언데드의 전력까지 낮아질 수도 있기에 라헨드라나 1왕자는 걱정을 하고 있었다.

"자네가 의뢰를 자신할 만도 하군. 정말 5천은 문제가 없겠지?"

라헨드라는 이제야 가온이 이번 의뢰를 자신 있게 받아들인 이유를 알 수 있었고 자신 역시 안심이 되었다.

"5천 마리는 최소한입니다.

이렇게 되면 굳이 거대 마핀 구울까지 동원할 필요는 없다.

방금 전 거대한 비밀을 듣고 나서도 여전히 담담한 얼굴을 하고 있는 가온의 대답에 라헨드라는 마음이 놓였다.

"혹시 누가 참관을 나옵니까?"

"온 클랜의 전력을 아는데 굳이 참관할 필요는 없지."

다행이다. 가온은 구울을 100마리가 아니라 500마리 정도 풀어놓을 생각이었다.

"마지막으로 이건 마통기인데 자네도 알지?"

"네."

"수시로 연락을 하자고."

"알겠습니다."

그렇게 라헨드라와의 독대는 의도한 대로 좋은 결과가 나왔다.

가온이 라헨드라와 독대를 하는 동안 붉은곰 용병단은 오랜만에 중요한 회의를 하고 있었다.

"하아!"

용병단 해체를 논의하는 자리에 참석했던 반 홀랜드는 내내 묵묵하게 지켜봤지만, 결론이 나오자 길게 한숨을 내쉬었다.

'이렇게 빨리 결정이 된다고?'

단원 대부분은 자신의 기대와는 달리 해체를 선선히 받아들였다. 사실 그는 단원들의 반발이 엄청나서 미노스가 진땀을 흘릴 줄 알았다.

그가 생각하는 붉은곰 용병단은 이렇게 쉽게 해체가 되어서는 안 되는 존재였다.

'내가 먼저 용병단을 나오지 않았다면 이런 결과가 안 나왔을까?'

그런 생각을 해 봤지만 그건 아닌 것 같았다.

'용병단의 성장이 한동안 정체되었던 것이 이런 결과로 이어진 건가?'

함께 용병단을 키워 왔으며 지금은 검기 완숙자의 경지에 오른 다섯 대주는 미노스의 말과 달리 용병단에 애정을 가지고 있어서 해체를 쉽게 결정하지 않을 거라고 믿었지만 아니었다.

그건 반 홀랜드만의 생각이었다.

'하긴. 저들도 이젠 단장으로 대접을 받고 싶었는지도 모

르지.'

어딜 가도 용병단 단장으로 떵떵거리며 행세할 수 있는 다섯 대주였다.

그런 실력자들이 10년 이상 대주를 맡고 있었으니 불만이 없을 리가 없었다. 나름 배분율을 높여 주었지만 그것으로는 만족할 수 없었을 것이다.

결국 붉은곰 용병단은 해체를 결정했다. 다섯 대주는 각 대를 이끌고 독립을 하기로 했으며, 이참에 은퇴를 결정한 단원들을 빼면 미노스를 따르기로 한 단원은 셋밖에 없었다.

두 명은 자신처럼 나이가 들어서 이젠 마나가 흩어지는 전 대주들이었고, 한 명은 미노스의 먼 친척이자 3서클 마법사인 시엥이었다.

미노스는 독립을 결정한 다섯 대주에게 자신이 가지고 있는 용병단 공금을 나눠 주는 것으로 깔끔하게 해체를 마무리했다. 물론 본단 건물 등 당장 처분이 어려운 재산은 나중에 처리해서 분배하기로 합의했다.

반 홀랜드는 사실 이런 깔끔한 마무리보다는 단원들이 서로 헤어지기 싫다고 질척거리기는 모습을 기대했다. 아니, 그럴 거라고 확신했다.

하지만 정보 던전에 들어온 단원들은 모두 검기를 발휘할 수 있었던 만큼 그렇게 감정에 휘둘리지 않았다. 철저하게 본인에게 도움이 되는 쪽으로 결정을 내렸고 행동하고 있었다.

수십 년에 걸쳐 붉은곰 용병단을 S급 용병단으로 성장시킨 반 홀랜드로서는 허무한 일이지만 어쩔 수 없이 받아들여야만 했다.

'그래. 이게 원래 용병의 모습이긴 하지. 차라리 잘된 거야.'

자신에게 이별의 인사를 하고 던전을 나가기로 한 옛 단원들의 얼굴에 아쉬워하는 표정이 안 보이는 것이 아니니 그걸로 만족하기로 했다.

거기에 경지를 뛰어넘기 위해서 자신이 먼저 용병단을 떠났으니 할 말도 없었다.

자신은 벽을 부수기 위해서, 그리고 대주들은 단장이라는 자리를 위해서 용병단을 떠나는 것이니 어쩌면 당연한 일이다.

반 홀랜드는 왠지 쓸쓸하고 허전했지만 애써 그 마음을 감추었다.

반면 가온과의 만남이 예정된 미노스와 그를 따르기로 한 세 사람의 얼굴에는 설렘과 기대감이 가득했다. 반의 존재 때문에 불안감은 전혀 느끼지 않는 것이다.

가온의 반응은 다행히 그들의 예상을 벗어나지 않았다.

"검기 완숙자 셋에 3서클 마법사라…… 좋습니다."

말한 것보다 한 명이 늘었지만 가온은 흔쾌히 미노스 일행을 받아들였다.

미노스는 반이 온 클랜에 들어올 때보다 경지가 더 높았고 다른 두 명은 검기 완숙자로 미노스와 비슷한 시기에 붉은곰에 들어와서 대주를 역임했던 노장들이었다.

마지막으로 미노스의 먼 친척이라는 시엥은 30대 초반의 마법사로 특정 계열의 마법보다는 활용도가 많은 다양한 마법을 익히고 있어 마론에게는 좋은 동료 내지는 후배가 될 것 같았다.

'이 정도 강자들이 제 발로 찾아오는데 거부할 이유가 없지.'

첩보 던전에 들어와서 벌써 초대형 의뢰를 두 건이나 받았으니 이들을 제대로 대우해 주는 것은 어렵지 않았다.

"아무리 생각해도 이런 판단을 내리긴 어려웠을 텐데 원하는 거라도 있습니까?"

그런데 뜻밖에도 네 사람은 큰 보수를 원하지 않았다.

"저희들은 바라는 것이 하나밖에 없습니다. 단장님처럼 마나 집적진만 쓸 수 있게 해 주시면 됩니다."

미노스의 말에 세 사람이 고개를 끄덕였다.

"저희들도 그동안 온갖 방법을 써 봤지만 도무지 진척이 없어서 은퇴를 하고 조용한 곳을 찾아서 마지막 도전을 하려고 했었습니다. 그런데 전 단장님이 산공을 하고 새롭게 마나를 쌓는 데 큰 도움을 준 마나 집적진 얘기를 들으니, 그

길을 따르는 것이 가장 좋은 방법으로 생각이 됐습니다."

반으로부터 마나 집적진 얘기를 들은 모양이다.

'시엥은 잘 모르겠지만 세 사람은 아예 산공까지 각오한 것 같구나.'

반으로부터 저간의 사정을 모두 들은 모양인데 산공까지 각오한 것을 보면 정말 단단히 마음을 먹은 것 같다.

"위험할 수도 있는 시도였습니다."

물론 지켜보고 있다가 위험하면 정령이나 자신이 나서겠지만 평생 쌓은 마나를 흩어 버리고 새로 쌓는 것은 무척이나 위험했다.

하지만 세 사람의 각오는 무척이나 단단했다.

"처음 용병이 되었을 때는 명성이나 돈을 추구했는지 어땠는지 지금은 기억도 나지 않습니다. 붉은곰에 들어와서 나름 명성도 얻고 돈도 꽤 벌었다고 생각합니다. 하지만 전 항상 채워지지 않는 갈증을 느껴 왔습니다. 대장님이라면 이런 저의 갈증을 해결해 주실 거라고 믿습니다. 대신 충성을 다 바치겠습니다!"

"허헛! 미노스 단장은 우리처럼 도전할 수 있는 시간이 거의 남지 않은 것도 아닌데 왜 그렇게 절절하시오. 미노스 단장이 말한 것이 딱 제 마음입니다!"

"한 번 사는 생입니다. 지금까지도 무수히 깨지면서 도전을 하며 살아왔고 다행히 죽지 않았습니다. 다른 여한도 없

예지몽으로
히든랭커

으니 이제 마지막 도전을 더 해 보고 싶습니다."

가온은 벽을 앞두고 수없이 절망하고 피눈물을 흘렸을 그들의 절절한 마음이 느껴져서 앞으로 잘해 주겠다고 마음을 먹었다.

네 사람은 던전 밖으로 향하는 붉은곰 용병단과 달리 가온과 반을 따라 온 클랜의 은신처로 향했다.

기존 대원들은 고문으로 영입한 미노스, 타가트, 에런은 물론 마법사인 시엥을 진심으로 반겨 주었다.

일전에 고문으로 영입했던 가제타에게 배신을 당하기는 했지만 그때와는 달랐다.

네 사람은 스스로 온 클랜에 들어오겠다고 결정을 했으며 잘나가는 붉은곰 용병단까지 해체하는 과정을 거쳤다는 점이 신뢰가 간 것이다.

무엇보다 마론이 크게 좋아했다.

자신과 비슷한 용병 마법사가 들어왔다는 것이 마음에 든 것이다.

"우리 온 클랜, 엄청 강해졌네요."

헤븐힐의 말이 맞다. 세 고문은 공히 검기 완숙자였고, 시엥도 용병 마법사로 다양한 경험을 한 인재였다.

"잔치! 실력자들이 이렇게 모여드는데 이대로 넘어갈 수는 없잖아요!"

패터가 신이 나서 하는 말에 다른 대원들이 가세하는 바람에 가온은 어쩔 수 없이 가지고 있는 술과 안줏거리를 종류별로 꺼내야만 했다

덕분에 대원들은 며칠 동안의 집중 수련에서 벗어나 스트레스를 마음껏 풀 수가 있었다.

다들 마찬가지였지만 나크 훈은 유달리 미노스 일행의 합류를 기뻐했다.

"미노스는 내가 많이 아끼는 후배였는데 정말 잘됐구나."

나크 훈의 말에 따르면 미노스는 제대로 된 후원만 받았으면 이미 소드마스터에 오르고도 남았을 인재였다.

마법사 못지않게 영특했으며 검술을 익혀도 초식을 반복 수련하는 것보다는 어떻게 초식이 만들어졌는지 원리를 알고자 노력했다고 했다.

제어컨도 나크 훈과 비슷한 의견이었다.

무엇보다 반이 미노스의 영입을 가장 반겼다.

"사실 내가 미노스를 망쳐 놓았지. 내가 저질러 놓은 일을 마무리하느라고 고생만 하지 않았어도 벌써 소드마스터 경지에 올랐을 텐데……."

"자신의 잘못을 제대로 인정한 적이 거의 없는 형님이 잘못을 인정하다니 아무래도 온 클랜이 저에게는 딱 맞는 것

같은데요."

"미안했다. 그리고 앞으로 잘해 보자."

미노스는 단장이었을 때와 달리 진지한 반 홀랜드의 태도가 적응이 되지 않는 얼굴이었지만, 그는 진심이었고 결국 사과를 받아들일 수밖에 없었다.

그렇게 아카데미와 혈연으로 얽힌 네 사람에 더해 반 홀랜드와 수십 년을 함께한 타가트와 에런이 따로 무리 지어서 술을 마시다 보니 자연스럽게 마나 집적진이며 산공 등이 화제로 떠올랐다.

"상급 마정석으로 가동하는 마나 집적진을 매일 두 번씩 사용할 수 있다고요?"

세 사람이 놀라는 건 당연했다. 반이 특별한 마나 집적진을 사용하고 있다는 얘기는 들었지만 그런 마나 집적진을 하루에 두 번이나 사용할 수 있다는 건 왕실 기사단 소속이라도 누릴 수 없는 특혜였다.

"후후후. 그 정도로 놀라기엔 이르지."

"우리 온 클랜이 먹는 모든 음식은 내성 없이 마나를 늘려 주는 천연 영약이라고."

"……."

제어컨과 반 홀랜의 자랑이 이어지자 새 클랜원들은 입을 다물지 못했다.

하지만 놀랄 일은 그게 다가 아니었다. 소드마스터의 경지를 앞두고 정체를 겪고 있는 검사로서 가장 큰 관심을 끄는 문제는 따로 있었다.

"마나의 순도 때문에 소드마스터가 되지 못한 거라고요?"

미노스가 경악한 얼굴로 제어컨과 나크 훈 그리고 반을 쳐다봤다.

"그래. 대장과 나크와 진지하게 얘기를 나눠 봤는데 우리가 그렇게 노력했음에도 불구하고 원하는 경지에 올라서지 못한 결정적인 이유가 바로 마나에 있었다는 결론을 얻었어."

"나도 같은 생각이다. 상급 연공술을 얻기 이전에 쌓았던 마나가 혼탁하다는 점이 우리의 발목을 잡고 있었던 거지. 그래서 산공을 하고 마나를 다시 쌓을 수밖에 없다는 결론을 내렸지."

"그래서 위험을 무릅쓰고 산공을 할 수밖에 없었던 거군요."

"맞아. 지금 세상에 알려진 소드마스터들을 보면 더 확실해."

제어컨의 말을 들은 미노스와 타가트 그리고 애런이 생각해 보니 확실히 지금 세상에 알려진 소드마스터 대부분은 처음부터 상급 연공술을 익혔을 것으로 추정되는 배경을 갖추고 있었다.

"그런데 새롭게 마나를 쌓는 것만으로 정말 소드마스터가 될 수 있는 겁니까?"

미노스가 문제 삼은 것은 시간 때문이었다. 제어컨은 몰라도 반의 경우에는 용병단을 떠난 지 얼마 되지 않았다.

"확실해. 이전보다 마나의 양은 크게 줄었지만 위력은 더 강해졌어. 순도 자체가 달라서 그런 것 같아."

"내 경우에도 같아. 대장의 배려로 효율이 극도로 높은 마나 집적진을 이용할 수 있어서 그런지 절대적인 양은 크게 차이가 나지만, 마나 효율은 크게 높아져서 검술 자체의 위력도 강해졌다. 나크 훈 선배의 경우를 통해서 이 방법으로 소드마스터에 오를 수 있다는 것도 확인되었고."

그렇다면 망설이거나 불안해할 필요가 없었다. 다행히 세 사람은 특급 의뢰들만 골라서 수행해 왔던 붉은곰 용병단의 수뇌부였기에 상급 연공술을 구할 수 있었다.

'기회다!'

실제로 같은 방법으로 소드마스터에 입문한 나크 훈과 제어컨이라는 확실한 결과도 있다. 그리고 자신들이 생각해 봐도 마나의 순도가 강하면 강할수록 마나가 발휘하는 힘이 강력할 것은 확실했다.

'그런데 대장이 굴러들어 온 돌이나 다름없는 우리에게도 바로 마나 집적진을 사용하게 해 줄까?'

소드마스터로 이르는 길을 발견했기에 마음이 급했지만 그게 걸렸다.

붉은곰 용병단에 비하면 규모는 작지만 그래도 이십여 명이나 되는데, 마나 집적진은 십여 개라고 들었으니 바로 사용할 수 있을지가 걱정이었다.

　얘기를 들어 보니 마나 집적진의 코어로 상급 마정석을 사용하는 것이 분명했는데, 아무리 온 클랜의 재정 상태가 좋더라도 나중에 합류한 자신들이 기존 대원들처럼 이용하는 건 어려워 보였다.

　그런데 마침 다른 대원들과 얘기를 나누다가 이 자리에 들른 가온이 입을 열자 얼굴이 환해졌다.

　"아무래도 마나 집적진을 몇 개 더 만들어야겠네요."

　마나 집적진에 사용할 상급 마정석은 전혀 신경도 쓰지 않는 것 같아서 더 마음이 가벼워졌다.

　"사나흘 후에는 새로운 의뢰를 시작해야 할 것 같으니 이왕 결심했다면 서두르십시오. 지원은 확실히 해 드릴 테니 염려하지 마시고요. 스승님이나 두 고문님들의 사례를 보면 사흘 정도면 예전 기량까지는 찾을 수 있었습니다."

　가온의 말을 들은 세 사람은 서로 눈빛을 교환했다.

　'아무래도 우리가 말년에 제대로 된 기회를 잡은 것 같아!'

　용병단을 해체할 때만 해도 불안감이 적지 않았지만 지금은 더 이상 불안하지 않았다. 대신 설렘과 기대감으로 가득했다.

세 사람은 다음 날 아침, 앞으로 사흘 동안 자신만이 이용할 수 있다는 마나 집적진이 설치된 방을 안내받고 울컥했다.

"코어는 비록 중상급 마정석이지만 아주 특수한 종류이기 때문에 상급과 비슷하거나 산공 후 다시 마나를 쌓는 데는 오히려 더 뛰어난 효과가 있으니 너무 서운해하지 마십시오."

"절대 서운하지 않습니다!"

세 사람은 아무리 고문으로 영입이 되었다고 해도 이 정도로 챙겨 줄지는 몰랐기에 크게 감동했다.

"산공 요령은 들으셨습니까?"

"네!"

산공 과정이 워낙 위험하기 때문에 세 사람은 전날 잔치에서 술도 제대로 즐기지 못하고 각기 나크 훈과 제어컨 그리고 반 홀랜드로부터 산공에 대한 요령을 수십 번이나 반복해서 들어야만 했다.

"고통이 무척 클 겁니다. 상실감도 장난이 아닐 것이고요. 수십 년 동안 축적했던 마나를 강제로 몸 밖으로 배출하는 것이니까요. 하지만 정신을 잃으면 안 됩니다."

나크 훈의 경우처럼 도와주고 싶은데 세 사람이 익힌 마나 연공술을 제대로 알지 못하기에 그럴 수가 없었다.

하지만 크게 걱정할 필요는 없었다. 그의 도움 없이도 제어컨과 반 홀랜드는 산공은 물론 마나를 재축적하는 데 성공했다.

산공만 성공한다면 새롭게 마나를 쌓는 것은 걱정하지 않아도 된다. 셋 다 뛰어난 용병이었던 만큼 상급 연공술을 구해서 익히고 있는 중이었다.

"감사합니다, 대장님. 지난번에도 말씀드렸지만 반 고문님처럼 앞으로 온 클랜이 해체될 때까지 무상으로 봉사할 것을 이 자리에서 맹세하겠습니다!"

이미 반 홀랜드와 깊은 얘기를 나눈 미노스가 그렇게 말하자 다른 두 사람 역시 동일한 내용을 맹세했다.

세 사람 모두 순간적인 감정으로 말한 것은 아니다.

'포기를 한 것은 아니지만 앞이 전혀 보이지 않았던 소드마스터로 올라가는 길을 제대로 알려 준 은혜만으로도 그 정도는 봉사할 수 있어!'

세 사람이 바라는 유일한 꿈은 소드마스터였다.

돈이야 나름 충분히 벌었고 결혼도 하지 않아서 가족도 없었기에 쓸데도 없었다.

그렇다고 기사가 되겠다는 생각도 없었다. 그런 건 용병이 되었을 때 이미 버린 것이다.

그래서 그렇게 다짐할 수 있었는데 타가트와 에런 역시 같은 마음이었다. 소드마스터가 될 수 있다면 온 클랜을 위해서 얼마든지 봉사할 수 있었다.

"그건 일단 소드마스터가 된 후에 다시 얘기합시다."

가온의 말에 세 사람이 마음을 가다듬고 산공에 대비했다.

'어떻게 된 게 대원들이 하나같이 급여를 안 받겠다고 하는 거야?'

자신이야 좋지만 그럴 수는 없었다. 보너스의 형태라도 보수는 지급할 생각이었다.

마론은 신이 났다. 자신과 비슷한 용병 마법사이기는 했지만 시엥은 마탑에서 제대로 수학했기 때문에 이론적인 토대가 튼튼한 뛰어난 마법사였다.

두 사람은 마치 형제처럼 붙어서 마법에 대해서 서로 토론하고 자기만의 노하우를 개방했다.

그러자 헤븐힐 일행도 슬며시 끼어들었다. 마법 이론에 대해서는 할 말이 없었지만 상황에 따라 어떤 마법을 사용해야 하는지와 같은 실전 노하우를 습득할 수 있었기 때문이다.

물론 눈치를 보던 마법사 플레이어들도 헤븐힐 일행을 따랐다.

다행하게도 마론과 시엥은 가르침에 인색하지 않았다. 마탑에 소속된 것도 아니고 원래 용병 마법사들은 자격이 되는 인재가 있으면 마법에 대한 지식을 흔쾌히 베풀었기 때문이다.

시엥은 마론이라는 존재만으로도 온 클랜에 잘 들어왔다

고 생각했지만, 마나 집적진을 사용해 본 후에는 아예 눈물을 쏟을 것 같은 얼굴이 되었다.

"어떻게 이런 마나 집적진이!"

상급 마정석을 코어로 사용하는 것 이상으로 엄청난 양의 마력을 축적할 수 있었다.

"우리 온 클랜이 이 정도야! 무엇보다 좋은 건 우리 대장님이 대원의 실력 향상을 위해 필요한 것은 거의 무제한으로 지원해 준다는 사실이지."

"정말입니까?"

마법과 관련된 물품은 싼 것이 거의 없었다. 오죽하면 마탑을 나온 마법사들이 귀족가에 들어가지 못하면 한동안 용병으로 뛰면서 돈을 벌겠는가.

"돌아다니면서 의뢰를 수행해야 하기 때문에 연구는 힘들지만 새로운 마법을 배우고 익히는 건 본인의 의지와 노력만 있다면 우리 클랜에서는 충분히 가능하네."

"아무래도 온 클랜에 뼈를 묻어야 할 것 같습니다!"

붉은곰 용병단도 아주 유명한 대형 용병단이지만 마법사인 시엥에 대한 지원은 그리 크지 않았다.

일례로 마나 집적진도 사용하기 힘들었다. 본부로 귀환할 때나 이용할 수 있는데 중급 마정석을 코어로 하는 진을 사나흘에 한 번 정도 사용할 수 있었던 것이다.

상황이 이러니 시엥의 눈이 돌아가지 않을 수 없었다.

"하하하! 그래야지. 자네는 제대로 된 기회의 끈을 붙잡은 줄만 알라고!"

시엥은 자신보다 나이도 많고 경지도 높을 뿐 아니라 경험까지 많은 마론의 가르침과 클랜의 지원이 너무 마음에 들었다.

그렇게 조금은 다른 이유로 온 클랜에 만족한 네 사람은 빠르게 기존 대원들 사이로 녹아들었다.

어느 집단이나 있는 텃새가 전혀 없기도 했지만 이미 충분한 사회생활을 한 그들이 먼저 적극적으로 다가간 것이다.

기존 대원들 입장에서도 네 사람의 합류는 반길 수밖에 없었다. 마법사인 시엥이야 워낙 귀한 존재이니 말할 것도 없었고, 고문 직위에 맞는 실력을 가진 세 사람으로 인해 클랜의 전력이 한층 강해질 테니 말이다.

기존 대원들은 철월검류를 익히면서 자연스럽게 검술관처럼 강한 결속력을 가지게 되었지만, 용병 출신이거나 길드 전투대 소속이었기 때문에 강한 동료가 얼마나 중요한지 잘 알고 있었다.

준비

작정을 한 토벌군의 기세는 무서웠다. 달리아 고원의 북쪽을 향해서 일자진을 유지한 채 하루에 대략 5킬로미터를 전진하고 있었다.

그럴 수 있는 이유가 있었다. 바로 코벨리아가 이끄는 2만여 마리의 언데드 군단이 선봉에 섰기 때문이다.

일단 언데드가 죽음의 군단의 예봉을 막으면 사냥 경험이 풍부하고 마나를 사용할 수 있는 이들이 처리를 하는 방식인데, 효율이 상당히 높았다.

최근에는 새롭게 연성한 본 나이트들이 추가되어 언데드를 상대하는 일이 더욱 쉬워졌다.

거기에 사제들이 언데드를 상대로 광범위 축복을 내려 디버프 효과를 냈고, 마법사들도 플레임 필드와 같은 범위 마법으로 많은 언데드를 태워 버렸다.

폭발 화살도 언데드 사냥에 큰 도움이 되었다.

트롤이나 오우거 구울처럼 높은 전투력을 가진 언데드들도 있었지만, 얼마 전에 개발된 폭발 화살을 집중적으로 맞으면 몸이 산산조각이 날 수밖에 없었다.

실력은 가장 낮지만 부활이 가능한 이계인들도 큰 공을 세웠다. 죽음을 두려워하지 않고 열심히 언데드를 상대했다.

밤은 언데드의 시간이지만 흑마법사들의 가세로 인해서 상황이 바뀌었다.

기존의 신성 마법진에 더해서 휴식이 필요하지 않은 언데드들이 일정 거리마다 세운 숙영지를 보호해 주었다.

그렇게 숫자가 충분해진 토벌군은 3교대로 쉬었다. 그래서 언데드가 극성을 부리는 밤에도 3분의 2는 안심하고 쉴 수 있었다.

포션도 충분했고 마법사와 사제의 비율도 높아서 방어나 치료를 걱정할 필요도 없었기에 사기는 높을 수밖에 없었다.

오랫동안 언데드를 상대해야 한다면 모르지만 토벌군의 수뇌부는 약속을 했다, 최대 닷새만 고생하면 토벌이 완료된다고.

일반인이라면 모르지만 병사들조차 많은 경험이 있는 노련한 정예병들이라 그 정도는 충분히 감내할 수 있었다.

거기에 보상도 컸다.

토벌군 수뇌부는 등급에 따라서 다르긴 하지만 언데드 한 마리를 사냥하면 평균적으로 30실버를 지급하겠다고 약속한 것이다.

명예 포인트와 같은 숨겨진 보상을 노리는 경우가 아니라면 충성심 하나만으로 이곳에 들어왔기에 현금 보상은 언데드를 상대하는 데 굉장한 동기를 부여했다.

그렇게 사흘이 흐르고 토벌군은 마침내 리치가 이끄는 사령술사들과 고위급 언데드들이 포진한 본진을 마주할 수 있었다.

"이제부터가 진짜군."

이제부터는 흑마법진이 아니라 데스 필드가 펼쳐져 있었다.

데스 필드는 일명 '죽은 자들의 땅'으로 언데드에게는 버프 효과를, 살아 있는 생물에게는 저주와 약화 등 다양한 상태이상을 유발하는 효과를 발현한다.

광범위한 지역 전체가 흑마력이나 사기 등 마이너스 에너지로 뒤덮여 있기 때문에 신성력을 가지고 있거나 신성력이 포함된 무기가 아니면 언데드를 제대로 상대할 수가 없었다.

토벌군은 잠시 진군을 멈추고 짧은 휴식이 들어갔다.

물론 바쁜 이들도 있었다.

코벨리아가 이끄는 흑마법사들은 고원 곳곳의 지하에 묻

힌 뼈를 발굴해서 스켈레톤과 본 나이트를 제작했고, 다양한 신전에서 파견된 사제들은 언데드에게 효과적인 성수를 만드느라 신심이 가득한 기도를 올리고 있었다.

상대이자 방어를 하는 측인 죽음의 군단도 뭔가 준비를 하는 듯 선제 대응은 하지 않고 조용하기만 했다.

온 클랜원들은 수련에 박차를 가했다.

자신의 실력을 높여야만 이번 의뢰를 수행하면서 다치거나 죽지 않을 수 있었다.

물론 그렇게 수련하는 이유가 의뢰에만 있지는 않았다. 철월검류를 제대로 배우고 익히는 과정을 통해서 성장하는 것을 실시간으로 느끼고 있기에 더욱 수련에 매진하는 것이다.

마법사 대원들도 체술을 수련하는 데 많은 시간과 노력을 투자했다.

같은 마법사라도 육체 능력이 더 뛰어나면 마법 능력을 좀 더 오래 사용할 수 있다는 가온의 생각에 동의했기 때문이다.

그렇게 마법사 대원들은 체술 수련은 물론 쾌보 스킬을 수련했다.

쾌보의 경우 좀 더 적은 마나로 무작위로 일정 거리를 이동할 수 있지만 방향까지는 마음대로 정할 수 없는 점멸 마법에 비해 많은 장점을 가지고 있었다.

자이언트 웜 사냥에서도 큰 효용성을 입증했고, 위험할 때 주문 없이 위험을 회피할 수 있어서 가온이 반드시 익히라고 조언을 했기 때문이다.

그렇게 대원들이 수련에 매진하는 동안 가온은 시간을 내어 라헨드라에게 받은 아이템을 꺼냈다.

'정보를 확인하고 싶은데.'

데미갓급 아이템이 맞는지 마론이나 시엥이 가지고 있는 감정 스크롤로는 감정이 되지 않았다.

유일하게 알 수 있는 것은 이름이었다. '12신의 가호'라는 이름에서 12가 의미하는 것은 벼리가 말한 대로 열두 가지 종류의 힘줄을 의미하는 것 같았다.

가온은 이번 의뢰가 위험한 만큼 파르를 적극적으로 활용하기 위해서라도 12신의 가호를 대신 착용하기로 했다.

대신 파르가 가지고 있던 소유자의 마나 50% 증폭 효과는 무기로 사용할 생각이니 포기할 필요가 없었다.

거기에 치환 반지도 있고 다양한 에너지를 가지고 있어 마나의 양은 문제가 되지는 않았다.

뭉쳐진 상태에서는 은은한 광채를 내고 있었던 12신의 가호는 막상 착용을 하자 파르만큼이나 피부에 완전히 동화가 되어 버렸다. 말을 하지 않으면 누구도 알아차리지 못할 정도였다.

'신기하네. 착용감이 아예 없어!'

색이나 외관만 그런 것이 아니라 가온조차 착용감을 느끼지 못할 정도로 완벽하게 몸에 밀착되었다.

실의 조밀함에도 불구하고 털도 삐져나왔을 뿐이나 움직임에 따른 당김이나 이질감이 전혀 없었다.

'제2의 파르로군.'

유일하게 드러난 곳은 눈, 코, 귀, 입과 성기 그리고 항문이었는데, 마치 자아라도 있는 것처럼 구멍을 제외하고는 완벽하게 피부와 밀착되었는데, 통기성이 좋아서 모공을 통해 흡수되는 마나의 흐름이 느껴질 정도였다.

가온은 호기심에 자신의 팔뚝을 대상으로 실험을 해 봤는데 라헨드라의 말이 맞았다. 충격량은 물론 통증까지 9할 가까이 줄여 주었다.

무엇보다 기쁜 사실은 검기의 최종 단계인 검사도 12신의 가호를 뚫거나 베지 못했다는 사실이다.

그건 상대가 소드마스터급 전력을 가지지 않은 이상 적의 공격을 두려워할 필요가 없다는 사실을 의미했다. 실로 엄청난 전력을 가지게 된 것이다.

'여기에 메탈 방어구까지 갖춰 입는다면 방호력은 더 강해지지.'

방호력만 보면 파르보다 훨씬 더 뛰어나다. 만약 12신의 가호를 입은 상태에서 가제타의 일격을 맞았다면 당시와 달리 그리 심각한 내상은 입지 않았을 것이다.

심지어 12신의 가호는 반발력까지 커서 상대를 상하게 할 수도 있었다.

그렇게 방호력을 증강시킨 가온의 관심은 대원들로 향했다.

'현재 대원들이 착용한 가죽 재질의 방어구로는 방호력이 충분하지 않아.'

좀 더 높은 등급의 방어구가 필요했다. 아니면 방호력을 높여 줄 수 있는 속옷형 아이템이라도 더 착용시키고 싶었다.

가온은 오랜만에 갓상점에 접속해서 상품들을 구경했다.

그러다가 그가 생각했던 것과 비슷한 효과를 가진 아이템을 발견했다.

엘프리아 강화형 면갑

등급 : 희귀+

상세

−한 엘프일족이 자연 소재의 실 40종을 이용해서 짠 속옷형 방어구.

−충격량을 최소 40%까지 낮추어 준다.

−자동 맞춤 마법이 인챈트되어 최대한 많은 피부를 가릴 수 있다.

−신축성이 우수해서 착용감이 뛰어나고 자연 소재라 통기성이 우수하며 방수성이 높아서 쉽게 젖지 않는다.

−장갑과 양말까지 세트

유일한 단점은 물 세척이 되지 않아서 클린 마법으로만 세척을 해야 한다는 점인데, 이 정도 사양이라면 피아가 미쳐

버리는 전투에서 몸을 보호하는 데 큰 도움을 줄 것이다.

가격은 200명예 포인트였지만 충분히 투자할 가치가 있었다.

'지구의 시세로 생각하면 2천만 원이 넘는 고가품이네.'

그래도 대원들이 죽거나 다치는 건 싫으니 구입할 수밖에 없었다.

사실 가끔 지급하는 보너스를 빼면 대원 대부분은 급여를 받지 않는다.

가온이 개인적으로 구한 천연 영약을 수시로 먹을 수 있는 것만으로도 급여 이상을 받고 있다고 생각하기 때문이다.

더구나 어지간한 소비는 로에니가 관리하는 공금에서 부담하고 있기 때문에 개인적으로 쓰는 돈도 거의 없었다.

그런 점을 생각하면 대원들에게 이 정도는 충분히 선물할 수 있었다.

가온은 명예 포인트를 아까워하지 않고 면갑을 대량으로 구입해서 대원들에게 선물했다.

대원들이 기뻐하는 것은 당연했다.

특히 새로 들어온 대원들은 무척 감동했다.

클랜 차원에서 이렇게 귀하고 비싼 방어구를 구해 주는 것은 들어 보지도 못했다.

특히 그렇게 고가의 방어구를 선물하고 난 후 가온이 한 말에는 다들 크게 감동했다.

"다치지 마십시오. 다치지 말라는 뜻이 아니라 전투나 사냥에 취해서 함몰되지 말라는 겁니다. 우리는 돈을 벌기 위해서가 아니라 자신을 발전시키기 위해 의뢰를 수행하는 것이니까요."

가온은 정말 그렇게 생각했다.

돈은 몇 년 동안 의뢰를 받지 않아도 충분히 클랜을 운영하는 데 문제가 없었다.

그런 가온의 마음을 오해하지 않고 받아들인 클랜원들의 전력이 상승하는 것은 당연했다.

반 흘랜드와 제어컨의 조언을 받아들여서 산공을 결정한 미노스, 타가트, 에런은 무사히 그동안 쌓았던 마나를 흩어버리고 새롭게 마나를 축적하기 시작했다.

"마나 집적진 덕분에 마나의 순도가 높아져서 그런지 마나가 생각하는 대로 움직여!"

"마나의 효율이 2배 이상 높아진 것 같아!"

"세 고문님들의 말대로 이게 답이었군!"

세 사람은 가장 최근에 얻은 높은 등급의 마나 연공술을 통해서 축적하는 마나의 효율에 깜짝 놀랐다.

며칠 되지 않아서 많은 양도 아니었지만 이전과는 차원이 다를 정도로 마나 친화력이 높아졌다.

같은 양으로 발휘할 수 있는 능력이 두세 배는 올라갔으니 경악할 수밖에 없었다.

"지금도 이 정도인데 만약 예전에 쌓았던 정도까지 마나를 축적한다면 오러 블레이드까지 뽑아낼 수 있을 것 같아!"

"하아! 이런 것도 모르고 어떻게든 마나의 양을 늘리는 것에만 신경을 썼으니……."

"고위 귀족가 출신이 아니면 소드마스터가 될 수 없는 이유가 있었구나!"

그동안 전혀 짐작하지 못했던 것은 아니지만 순도 높은 마나를 쌓는 것이 얼마나 중요한지 세 사람은 새삼 깨달았다.

물론 알았다고 해도 함부로 시도하지는 못했을 것이다.

그동안 수많은 역경을 극복해 가면서 쌓은 마나가 아깝기도 했지만, 확신이 없어 도전할 수 없었을 것이다.

하지만 온 클랜에서는 달랐다. 이미 성공한 선배들도 있었거니와 짧은 시간 다량의 마나를 축적할 수 있는 높은 수준의 마나 집적진까지 제공하니 도전할 용기를 낼 수 있었던 것이다.

그렇게 산공을 하고 다시 마나를 쌓기 시작한 미노스, 타가트, 에린은 불과 나흘 만에 예전 기량을 발휘할 수 있는 수준까지 올랐다.

물론 앞으로는 마나의 증가 폭이 눈에 띄게 느려질 테지만, 그럼에도 불구하고 소드마스터의 경지는 불과 며칠 전과 달리 눈에 확연히 들어왔다.

그 증거로 누구나 알아볼 수 있을 정도의 변화도 일어났다.

늘어졌던 피부가 팽팽해지고 노화, 혹은 퇴화 과정에 있었던 근육과 뼈 상태도 대략 10년 전과 동일한 수준으로 바뀐 것이다.

"하아! 모든 것을 포기하고 은퇴하려고 했는데 이런 행운이 올 줄이야."

"그러게 말일세. 난 앞으로 온 클랜에 뼈를 묻을 생각이야!"

"늙더라도 온 클랜원 신분으로 죽겠다고 했던 반 선배의 말이 진심이었군요."

기적에 가까운 일을 경험한 세 사람은 반 홀랜드와 제어컨이 그랬듯 급속하게 클랜에 대한 소속감과 충성심을 키워 가고 있었다.

그렇게 대원들이 마지막 일전을 위해서 구슬땀을 흘리며 자신의 실력을 높이려고 노력을 할 때 가온은 한 가지 문제로 골머리를 앓고 있었다.

'언데드 5천 마리를 감당하려면 언데드를 공개하는 건 필수적이야. 하지만 별동대가 이미 목격한 마핀 스켈레톤과 구울이 우리 측에서 등장하면 대공 측이 의심을 할 텐데 어쩌지?'

대공이 두려운 것은 아니다. 여차하면 암살을 해 버릴 생각도 있으니 말이다.

문제는 상대가 소드마스터이기 때문에 그러기가 쉽지 않다는 것과 퍼슨이나 스톤과 같은 탄 차원 출신 대원들은 다른 나라로 건너가서 활동하는 것이 쉽지 않다는 점이다.

스승에게 들은 대공의 성격은 굉장히 집요해서 나중에라도 수족인 가제트와 레너드의 실종 건을 깊이 파고들 것이 분명했다.

'이럴 줄 알았으면 보통 스켈레톤을 만들어서 쓸걸.'

물론 그랬다면 별동대를 한동안 묶어 두지 못했을 것이다. 마핀 스켈레톤이기에 전원 검광 실력자 이상으로 구성된 별동대의 발을 잡아 둘 수 있었다.

문제는 갑자기 사령술사를 최소한 한 명 이상 확보해야 한다는 사실이다. 참관은 하지 않겠다고 하지만 1왕자 측이 어떻게 나올지는 알 수 없었다.

처음에는 코벨리아를 따르는 사령술사들을 은밀히 조사해서 한 명을 회유하려고 했지만 금방 포기했다. 갑자기 생소한 스켈레톤을 내놓으면 그동안 그와 함께 지내왔던 이들이 의심할 수밖에 없으니 말이다.

한참을 고민했지만 마땅한 방법이 나오지 않았다. 없는 사람을 갑자기 만들어 낼 수는 없으니 말이다.

그런데 뜻밖에도 대안이 나왔다. 벼리의 조언 덕분이었다.

－오빠, 엘프 중에서 한 명을 골라서 얼굴마담으로 쓰세요.

'엘프?'

－네. 엘프들이 모두 정령사이고 궁사는 아니잖아요. 마법에 관심이 있는 엘프도 분명히 있을 거예요.

만약 그런 엘프가 있다면 정말 기발한 수였다.

가온은 바로 생명의 아공간으로 향해서 엘프 원로들과 만났다.

"……이런 이유로 마법사가 몇 명 필요합니다."

한 명보다는 몇 명이 있는 것이 나았다. 여차하면 물량전을 펼칠 생각도 있으니 말이다.

"마침 적당한 아이들이 있습니다!"

가온의 말이 끝나기가 무섭게 열 명의 원로 중에서 베이린이 소리쳤다.

"어떤 인물입니까?"

"어디 가서 우리 일족이라고 말하기가 난처한 괴짜들입니다."

"괴짜라면 어떤?"

"세상 경험을 좀 오래하더니 다크 일족처럼 음차원의 에너지에 관심이 많은 녀석들이에요. 그들은 시시각각 우리 일족들을 조여 오는 죽음의 기운을 피하기보다는 오히려 이용해야 한다고 주장했지요."

엘프 중에서도 그런 생각을 하는 이가 있다니 참으로 신선하면서도 반가웠다.

"그럼 그분들은 어떤 시도를 하고 있습니까?"

"본래 고대에는 우리 엘프들도 사령술을 다루었습니다. 영혼을 건드리는 것은 금기였지만, 스켈레톤 정도는 많이 만들어서 사용했지요. 그 당시는 선조의 뼈로 스켈레톤을 만들어 마을을 보호하는 경우가 많았습니다. 당사자들도 돌아가시기 전에 후손들을 위해 그렇게 하겠다고 말씀을 남기셨고요. 그게 오래도록 전통이었습니다."

엘프들은 주로 깊은 숲에서 생활을 한다. 당연히 맹수부터 시작해서 마수나 몬스터 들로부터의 공격에 시달렸을 것이다. 그러니 그런 전통이 있었던 것도 어쩌면 당연했다.

"하지만 마을을 보호하는 결계가 나온 후로는 그런 전통은 자연스럽게 사라졌고, 사령술 또한 우리가 다크 일족으로 부르는 이들을 제외하면 맥이 끊겨졌습니다."

"그렇군요."

사령술을 익힌 엘프라니 너무 생소하고 이상했지만 충분히 납득이 가는 이야기였다.

"그런데 외부에 나갔다가 오랫동안 소식이 끊어져서 사고가 난 줄 알았던 엔릴이 사령술을 익혀서 돌아왔습니다. 들어 보니 죽을 뻔했던 순간 다크 일족에게 구함을 받았고 부상을 치료하느라 그 마을에 오랫동안 머무르면서 원로 한 명으로부터 사령술을 전수받았다고 하더군요."

"어떤 종류의 사령술인지 알 수 있을까요?"

"상대의 능력을 약화시키는 광범위 저주와 스켈레톤 제작
술이었습니다."

가온이 익힌 사령술 중 단둘에 불과했지만 사령술사라면
반드시 익혀야 할 필수적인 스킬이기도 했다.

"한번 만나 볼 수 있을까요?"

"당연하지요. 사람을 보낼 테니 조금만 기다리시면 될 겁
니다."

베이린이 전사를 보낸 후 가온과 원로들은 현재 엘프들의
생활에 대한 이런저런 얘기를 나누면서 시간을 보냈다.

엔릴은 본래 일족에서 인챈트와 관련된 재질을 인정받아
서 정령 마법 대신 일반 마법을 익혔다.

많은 숫자는 아니지만 엘프 중에는 엔릴처럼 일반 마법을
익힌 마법사들이 존재했고 특히 인챈트는 아이템 제작에 필
수적이기 때문에 그는 일족에게도 꽤 인정을 받았다.

하지만 성년이 되면 반드시 경험해야만 하는 수련여행이
그의 삶을 바꾸었다.

엘프의 수련여행은 폴리모프 마법을 사용해서 외모를 인
간처럼 바꾸는 것이 필수였다.

보통 수련여행은 용병으로 인간 사회를 경험하는 경우가

일반적이지만, 일반 마법을 익힌 그는 고대 유물을 찾아다니는 모험가를 선택했다.

그는 함께 활동하던 모험가 그룹에서 마법적인 능력을 인정받았고 다양한 분야에서 뛰어난 능력을 가진 동료들 덕분에 고대 유적지를 세 번이나 발견하는 쾌거를 이루기도 했다.

하지만 10년의 수련여행 기간이 끝나갈 즈음 산맥 깊숙한 곳에 있는 것으로 추정되는 고대 유적지를 찾던 중 오우거의 습격을 받았다.

한밤중, 깊은 산속에서 쉬다가 일가족으로 추정되는 오우거 네 마리의 습격을 받은 모험가 그룹은 엄청난 피해를 입었다.

엔릴은 계약한 하급 바람의 정령 덕분에 간신히 오우거들의 공격을 피해서 도주할 수 있었지만, 근처에 있던 오크 무리와 조우하는 바람에 치명상을 입고 만다.

죽었다고 생각했던 그를 구한 것은 엘프 사회에서 일찌감치 모습을 감추었던 다크 일족이었다.

다크엘프 사냥꾼들이 사냥을 나왔다가 죽기 일보 직전이었던 그를 구한 것이다.

다크엘프들은 피부색은 달랐지만 그를 치료해 주는 아량을 베풀었고, 엔릴은 몸이 좀 나아지자 은인의 마을을 위해서 그의 마법 능력을 사용했다.

예지몽으로
히든랭커

그렇게 다크엘프 일족과 빠르게 가까워진 엔릴은 우연한 기회에 은퇴한 원로 한 명으로부터 사령술을 배웠다. 엘프들에게는 이미 오래전에 사라져 버린 전승이었다.

엔릴도 처음에는 사령술에 부정적인 인식이 있었다.

성인이 된 엘프라면 누구나 열 마리 이상 감당할 수 있기 때문에 굳이 스켈레톤처럼 저급한 언데드를 제작할 필요가 없었던 것이다.

하지만 그 원로가 제작한 스켈레톤은 그가 알고 있는 것과 달리 오크와 능히 대적할 수 있는 전투력이나 방호력을 가지고 있었다.

"온갖 위험한 생물들이 들끓는 깊은 산속의 삶을 추구하는 엘프에게 스켈레톤이야말로 꼭 필요한 무기라고 할 수 있지. 우리는 수명은 짧지만 생식 활동이 왕성해서 자식을 많이 낳는 인간과 달리, 결혼을 해도 기껏해야 둘 정도만 낳기 때문에 전사의 숫자가 적을 수밖에 없거든. 인구가 늘기는커녕 줄어들기만 하니 결국 인간들에게 밀릴 수밖에 없고, 이런 척박한 곳에서 불편한 삶을 영위할 수밖에 없는 상황에 몰리게 된 것이네. 그러니 스켈레톤이라도 많이 만들어서 전력을 증강시킬 필요가 있네."

엔릴은 인간 동료들과 함께 모험가로 활동하면서 엘프 사회의 문제점을 진지하게 생각해 왔기에 그 원로의 의견에 쉽게 동조했다.

결국 엔릴은 그 원로에게 부탁해서 사령술을 배울 수 있었다.

그래 봐야 약한 수준의 광범위 저주술과 스켈레톤 제작술이었지만, 흑마력과 흑마법진이 필요했기 때문에 꽤 오랜 시간을 들이고 나서야 겨우 배울 수 있었다.

다크 일족과 달리 그는 흑마력을 모을 수가 없어서 흑마력을 담은 다크 스톤을 이용해야만 했지만 무사히 사령술을 익힐 수 있었다.

일정을 훨씬 넘겨서 일족에게 돌아온 엔릴은 그 후 사령술을 파고들었다.

그의 일족 원로들은 그가 사령술을 익히는 것은 용인했지만 대신 마을 외곽에 따로 살도록 조치했다.

언데드가 살아 있는 사람들에게는 혐오감을 준다는 사실을 잘 아는 엔릴은 별 저항 없이 원로들의 결정을 따랐다.

그를 포함한 엘프 일족들이 오랫동안 살아온 사스 산맥에는 마침 사령술에 적합한 재료들이 무궁무진했다.

달리아 고원에 존재하던 인간의 왕국이 다른 인간 왕국과의 대대적인 전투로 인해서 멸망한 것이다.

엔릴은 그때부터 달리아 고원을 오가면서 수많은 스켈레톤을 만들고 폐기하기를 반복했다.

그의 목표는 다크 일족이 연성한 스켈레톤과 달리 상당한 지능을 갖추고 있으며 궁병, 창병, 검병, 마법병 등 분화가 된 스켈레톤을 만드는 것이었다.

하지만 문제가 있었다. 인간들의 전쟁이 끝난 지가 너무 오래되었기 때문에 겨우 구한 뼈들의 상태가 좋지 않았다.

다른 문제도 있었다. 그가 선물받은 다크 스톤은 본래 흑마력을 담고 있었는데, 사스 산맥에는 흑마력은 거의 없고 죽음의 기운, 죽 사기가 농후해서 본래의 위력을 발휘하기가 힘들었다.

재료인 뼈가 너무 오래되었고 흑마력 대신 사기를 써야만 했기 때문인지 스켈레톤의 전투력, 특히 방호력도 떨어졌고 높은 수준의 지능을 기대할 수가 없었다.

그래서 계속 실패를 하는 나날들이 계속되었지만 그를 따르는 별종들이 생겨서 다소 위안이 되었다.

인간으로 치면 제자라고 할 수 있는 일족 마법사들은 모두 아홉 명으로 그들은 날로 줄어 가는 일족을 대신해서 전력을 높일 수 있는 스켈레톤을 제작하는 일을 계속했다.

그동안 사스 산맥을 포함한 거대한 공간이 세상과 격리되는 공포스러운 일이 벌어졌고, 리치가 이끄는 흑마법사들이 달리아 고원에 묻혀있던 해골과 마수 및 몬스터를 이용해서 언데드 군단을 만들어 내는 일도 생겼다.

그뿐만이 아니었다. 리치와 흑마법사들이 고원에 수많은 흑마법진을 설치하는 바람에 고원은 물론 사스 산맥 전체에 죽음의 기운이 빠르게 확산되고 있었다.

그래서 엔릴과 제자들은 더욱 사령술을 파고들었다.

다행히 죽음의 기운을 농축시키는 방법을 개발해서 엔릴이 원하는 수준까지는 아니지만 꽤나 쓸 만한 스켈레톤을 만들어 낼 수 있었다.

하지만 그때는 이미 늦었다. 죽음의 기운이 너무 확산되어 버렸기 때문에 엘프와 공동운명체라고 할 수 있는 신목들이 급속히 죽어 가고 있었기 때문이다.

신목이 없으면 엘프들도 힘을 잃고 시름시름 죽어 갈 수밖에 없었다.

그때 은인이 나타나서 열 개나 되는 부족을 새로운 세상으로 데려갔다.

비록 황무지였지만 생기가 가득해서 신목이나 엘프들에게는 꿈의 땅이나 다름없는 곳이었다.

하지만 이곳에서는 엔릴과 그의 제자들이 할 수 있는 일이 없었다. 그들이 사령술을 익힐 수밖에 없는 근본적인 이유인 적이 없었기 때문이다.

더 이상 죽을 위협을 받지 않고 오래전부터 일족이 추구하는 삶, 즉 평화와 안정을 구가하는 삶을 살게 되었지만 엔릴과 제자들은 절망의 나날들이었다.

그런데 일족의 은인이 그를 찾아서 놀라운 제의를 했다.

"은인께서도 사령술을 익히셨다고요?"

"그렇습니다."

시험 삼아서 저주술과 스켈레톤 제작술에 관한 내용을 물어보았는데, 놀랍게도 이론적으로는 그보다 더 뛰어났다.

무엇보다 그는 흑마력을 대체할 수 있는 순도와 농도가 높은 죽음의 기운을 담은 죽음의 구슬을 가지고 있어 그것을 이용해서 스켈레톤과 구울을 제작할 수 있었고 놈들을 보관할 수 있는 특별한 아공간까지 가지고 있었다.

물론 가온은 자신이 치환 반지를 가지고 있어서 흑마력을 얼마든지 이용할 수 있다는 사실까지는 밝히지 않았다.

"따르겠습니다!"

다크 일족처럼 태어날 때부터 마이너스 차원의 에너지를 다룰 수 없는 인간이 자신은 상상할 수도 없는 수준의 사령술사이고 더불어 일족의 은인이기도 하니 따르지 않는 것이 더 이상했다.

그렇게 엔릴과 그의 제자 아홉 명이 온 클랜에 합류했다.

마지막 전투

마침내 토벌군은 최후의 전투를 시작했다.

달리아 고원은 중앙에서 북쪽으로 가면서 폭이 빠르게 줄어든다는 점을 이용해서 토벌군이 일자진을 쳤다.

이제 리치가 이끄는 죽음의 군단과 대치하는 전장의 폭은 대략 12킬로미터로 줄어들었다. 각 왕자군이 각각 4킬로미터 구간만 감당하면 되는 것이다.

각 왕자군의 병력이 대략 1만 7천을 상회하니 충분히 커버할 수 있는 거리였다.

일자진을 형성한 토벌군은 세 겹이었다. 가장 앞에는 본나이트와 스켈레톤 들이, 중간에는 검사를 포함한 딜러들이, 후방에는 사제와 마법사 들이 자리했다.

전력 배치는 고원의 중앙부에는 1왕자군이, 좌측은 2왕자군, 우측은 3왕자군이 포진했다.

각 왕자군은 가장 큰 공을 세울 것을 자신했다.

2왕자군에는 소드마스터인 대공이 자신의 기사단을 이끌고 합류했다. 당연히 사기는 높을 수밖에 없었다.

3왕자군은 전투 경험이 풍부한 용병들과 죽어도 부활할 수 있어 간덩이가 커질 대로 커진 이계인들이 대거 합류했다.

거기에 최근 합류해서 큰 공을 세우고 있는 코벨리아 대마법사가 은근하게 힘을 실어 주고 있었다.

코벨리아는 와병 중임에도 사람들을 풀어서 은둔하고 있었던 흑마법사들을 찾은 국왕의 초청으로 던전에 들어왔기에 공식적으로는 어느 왕자도 지지할 수 없는 입장이었지만, 그래도 은근히 밀어주는 것은 가능했다.

마지막으로 1왕자군은 가장 많은 마법사를 보유했다. 왕실 마탑주이며 마법사 중에서는 신망이 높은 라헨드라의 존재가 그렇게 만든 것이다.

각각 장점이 있는 세 왕자군은 미리 협의한 대로 일자진을 유지한 상태에서 진군을 시작했다.

개전 테이프는 사제들이 준비한 대규모 홀리레인 신성 마법이 끊었다.

다양한 종류의 스켈레톤과 좀비 그리고 구울로 편성된 죽음의 군단 언데드들은 신성한 비를 맞고 몸부림을 치며 쓰러지거나 동료를 공격하는 등 발광을 했다.

그런 언데드를 먼저 공격하는 건 본 나이트가 이끄는 스켈레톤이었다. 코벨리아와 흑마법사들이 그동안 만들어 둔 본 나이트는 1천여 기였고 스켈레톤은 무려 4만 마리에 달했기 때문이다.

그동안의 전투로 10만에 이르던 리치가 이끄는 죽음의 군단은 약 7만 정도로 줄어들었다.

리치 측은 죽음의 군단이 전부였지만 토벌군은 검광 이상의 실력을 가진 용병, 정예병, 기사 들이 뒤를 받쳐 주고 있었기에 본 나이트와 스켈레톤을 마구 부수는 언데드들 역시 빠르게 소멸되었다.

1왕자군은 원래 후퇴를 하면서 언데드들을 끌어들여야 했지만, 일자진을 유지한 채 버티고 있었다.

일자진의 길이는 무려 4킬로미터에 달했지만 1왕자군 수뇌부는 나름 충분히 감당할 수 있다고 자신했다.

하지만 양옆에 포진한 2왕자군과 3왕자군이 진군함에 따라서 1왕자군이 받는 압력은 빠르게 증가하고 있었다. 양옆에서 밀리고 있는 언데드들로 인해서 밀도가 증가했던 것이다.

홀리레인의 효과가 가시자 본 나이트와 스켈레톤으로 구성된 전열이 빠르게 무너지고 있었다.

그새 리치가 광폭화 마법이라도 건 듯 언데드들이 날뛰기 시작하자 본 나이트는 물론이고 스켈레톤들도 순식간에 부서졌고, 일부 구간에는 토벌군이 직접 적을 상대해야 하는 상황이 벌어졌다.

"라헨드라 경, 온 클랜에 연락해서 당장 의뢰를 시작하라고 연락하세요!"

"네, 전하!"

1왕자의 재촉에 라헨드라가 마통기를 켰다.

ㅡ시작합니까?

"시작해 주게. 최대한 많은 숫자가 전선에서 빠지도록 부탁하네!"

ㅡ염려하지 마십시오.

생각보다 더 빠르게 무너지는 전열을 보면서 자신도 모르게 당황했던 라헨드라는 진중하고 묵직한 가온의 말에 안정감을 느낄 수 있었다.

'그래! 온 클랜이라면 믿을 수 있지. 사령술사들도 따로 구했다니까.'

잠깐 사라진 동안 사령술사들까지 찾아내어 계약을 한 것만 봐도 온 대장의 혜안을 알 수 있었다.

"조금만 더 버텨! 지원군이 후방을 공격하기 시작했으니 곧 언데드 일부가 뒤로 물러나게 될 거다!"

1왕자가 왕실 마법사의 도움을 받아서 증폭 마법으로 전장의 토벌군에게 사기를 진작시킬 내용을 공지했다.

온 클랜은 통신을 받기 한참 전부터 전투준비를 하고 있었다.

온 클랜이 포진한 장소는 달리아 고원의 끝부분으로 사기로 말라 죽은 나무들로 이루어진 숲이 자리하고 있었는데, 폭이 대략 1킬로미터 정도 되었다.

숲의 앞쪽, 즉 고원의 끝 부분에는 리치 측의 스켈레톤 1천여 마리가 길게 늘어서서 숲 방향을 경계하고 있었다.

먼저 정령사들이 숲의 앞쪽에 1킬로미터 폭에 2미터 높이의 낮은 둔덕을 3시간에 걸쳐서 천천히 솟아나게 만들었다.

당연히 스켈레톤이 대부분인 상대측은 그런 변화를 알아채지 못했다.

"엔릴, 시작해요!"

"네, 대장님!"

엔릴을 포함한 사령술사 열 명은 바닥에 누워 있던 스켈레톤들을 일으켜 세우기 시작했다. 물론 정령사들이 만든 둔덕 때문에 고원 쪽에서는 그런 변화를 알 수가 없었다.

어제 하루, 아니 시간을 20배로 가속한 생명의 아공간에서 보낸 20일 동안 엔릴이 이끄는 사령술사 그룹이 만들어 낸 스켈레톤의 숫자는 무려 1만 마리에 달했다.

사령술사 한 명이 대략 1천 마리의 스켈레톤을 조종하는 건 불가능했기에 논의 끝에 죽음의 기운의 밀도를 10배로 높여서 제작한 조장 20마리를 포함시켰다.

사령술사는 조장 스켈레톤들만 조종하고 조장들이 나머지 스켈레톤을 지휘하는 방식이다.

물론 흑마력을 가지고 있는 가온의 도움이 없었다면 엘프 사령술사들의 능력으로는 이런 능력을 가진 스켈레톤을 제작할 수 없었다.

그렇게 만들어진 스켈레톤들은 지능도 높거니와 방패병, 검병, 창병, 궁병, 도끼병으로 나뉘어 있어서 전투 효율이 아주 높아졌다.

특히 조장급은 죽음의 기운을 이용해서 제작한 스켈레톤들과 달리 가온이 직접 순수한 흑마력을 이용해서 만들었기 때문에 전투에 한해서는 본 나이트에 비견되는 지능과 전투력을 보유하고 있었다.

본래 스켈레톤을 움직이게 만드는 에너지는 제작한 흑마법사와 동류여야만 한다. 그래야 심령으로 조종할 수 있는 것이다.

하지만 엔릴 일행은 흑마력을 가지고 있지 않았다. 흑마력이 담긴 다크 스톤도 모두 소진한 상태였다.

그래서 가온은 대신 모둔이 흑마법진을 소멸시킬 때 만든 죽음의 구슬을 주어 이용하도록 했다.

죽음의 구슬은 앙헬도 탐낼 정도로 순도가 높은 죽음의 기운이 농축되어 있었기 때문에 흑마력을 충분히 대체할 수 있었다.

죽음의 구슬에 담긴 사기의 순도나 농도가 높았기에 만들어진 스켈레톤의 등급도 높아졌다.

어쨌든 엔릴이 이끄는 엘프 사령술사들은 죽음의 구슬을 이용해서 1천 마리에 달하는 스켈레톤을 조종할 수 있었다.

마침내 양측의 스켈레톤들이 본격적으로 전투를 시작했다.

리치의 본진 후방에도 언데드들이 포진하고 있었다. 주로 스켈레톤들이었다.

전투력이 높은 구울이나 스펙터와 같은 언데드는 막강한 전력을 지닌 토벌군을 상대하려는 것이다.

전투는 스켈레톤 궁병이 날린 뼈 화살로 시작되었다.

스켈레톤은 부서져도 코어가 무사하면 다시 뼈가 붙는 언데드지만 코어인 마정석이 들어 있는 머리가 부서지면 더 이상 움직이지 못한다. 그건 좀비나 구울도 마찬가지다.

원래 두개골은 단단한 편이고 고원에서 흔히 발견할 수 있는 뼈는 세월의 흐름을 이기지 못해 쉽게 부서지지만, 스켈레톤 궁병이 사용하는 뼈 화살은 달랐다. 그건 사냥한 마핀에게서 얻은 것이었다.

게다가 활대와 시위 그리고 화살은 손재주가 뛰어난 엘프들이 직접 만들었다. 물론 재료는 가온이 모두 제공했지만 말이다.

사거리가 무려 150미터에 달하는 엘프궁을 소지한 스켈레톤 궁병은 쉴 새 없이 화살을 날렸고, 대략 50미터 정도 떨어진 곳에 있는 리치 측 스켈레톤들은 연신 머리가 부서지고 있었다.

1만에 달하는 스켈레톤 중 궁병의 비율은 대략 1할.

한 번에 1천 발의 뼈 화살이 날아가길 세 번. 고원 밖을 감시하다가 달려오던 언데드가 모조리 쓰러졌다.

물론 모두 소멸된 것은 아니다. 그런 언데드는 스텔레톤 검병이 달려가서 끝장을 내 주었다.

그러는 동안 가온도 가만히 있지 않았다.

'스켈레톤들을 조종하는 흑마법사를 해치워야 해.'

구울 보스 정도라면 몰라도 언데드 대부분은 명령과 본능에 따라 행동하는 것이 한계다. 즉, 판단력은 거의 없었다.

이곳에 포진한 스켈레톤들 중에는 지능이 높은 보스급은 보이지 않았으니 분명히 조종을 하는 존재가 있을 것이다. 이전에 흑마법진을 소멸시킬 때처럼 최소한 패밀리어라도 보여야 정상이다.

가온은 은신에 투명날개를 사용해서 1킬로미터에 이르는 구간을 낮게 날면서 수상한 존재를 찾았다.

'저기다!'

매의 눈 스킬을 펼친 가온의 눈에 거대한 고사목 뒤에 있는 검은 형상이 들어왔다.

비행 속도를 올려 순식간에 그곳에 도착한 가온은 깜짝 놀랐다.

'정말 흑마법사였네.'

분명히 인간이었다. 한 명도 아니고 다섯 명이 고사목의 그림자 속에 은신하고 있었는데 모두 얼굴을 제외한 몸 전체를 검은 로브로 가리고 있었다.

그런데 가온이 막 그들을 공격하려고 했을 때 충격적인 광경을 목격했다.

'저건 마통기?'

마통기는 이제 막 시판되었기 때문에 형태와 크기가 동일했는데, 흑마법사 중 한 명이 마통기로 누군가와 통신을 하고 있었다.

"……누군지 우리가 어떻게 알아! 스켈레톤은 맞는데 우리 것과는 다르다고! 시야가 모두 뼈다귀들로 가득한 것으로 봐서는 적어도 1만이야. 그리고 존나 세단 말이야! 그냥 뼈다귀가 아니라고! 우리가 조종하는 놈들을 화살로만 끝냈단 말이야! 뭐? 우리보고 죽으란 말이야? 조까! 몰라! 이번에도 죽으면 6레벨은 떨어질 텐데 어떻게 올리라고? 길드장이 아무리 지랄을 해도 난 복귀할 거야!"

20대 중후반의 남자 목소리가 확실했는데 내용은 더욱 충격적이었다.

'설마 플레이어들이 리치 측에 붙었단 말인가?'

대체 이게 어떻게 된 일일까?

하지만 의문을 풀 수 있는 시간은 없었다.

"야! 다들 스크롤 꺼내! 이대로 있으면 우린 끝장이야!"

"하지만 길드장 명령은 어쩌고?"

손은 이미 로브 안으로 들어가서 스크롤을 꺼내면서도 그렇게 묻는 흑마법사가 있었다.

"우리가 조종하는 뼈다귀들은 다 부서졌는데 우리가 무슨 수로 상대의 정체를 알아내냐고? 이건 우리보고 죽으라는 말이나 다름없어! 안 그래?"

통신을 한 남자가 네 동료를 돌아보며 묻자 다들 고개를 끄덕였다.

"생각해 봐! 이 던전에 들어와서 스킬 레벨이나 숙련도는 올랐지만 레벨이 꼴랑 3밖에 안 올랐어. 그런데 죽으면 최소한 5레벨 이상이 떨어질 거라고. 100을 넘긴 후에는 죽어라 사냥을 해도 간신히 1레벨을 올릴까 말까 하는 상황인데, 죽더라도 끝까지 자리를 사수하고 상대의 정체를 알아내라고? 이게 말이 돼? 설사 우리가 죽음을 각오한다고 해도 상대가 순순히 정체를 알려 주겠냐고?"

"조장 말이 맞아! 우리 대신 몸빵을 해 줄 뼈다귀들도 없는 상황에서 그런 명령은 그냥 죽으라는 것이나 다름없다고."

"우리 다섯 명으로는 저 뼈다귀 100마리도 힘겨울 겁니다."

"정말 너무하네요. 아무리 우리가 중심 그룹 출신이 아니라고 해도 이런 식으로 소외시키는 건 아니지요."

가온은 그들의 대화를 들으면서 이들의 정체와 흘러가는 상황을 대충 파악할 수 있었다.

'그러니까 초랭커 중 일부는 리치 쪽과 붙었다는 거구나. 이들 입장에서는 던전이 클리어되는 것을 막는 것이 업적을 세우는 것이고.'

아마 따로 보상이 있을 것이다.

그리고 리치 측에 합류한 초랭커들은 한 세력 소속이 아니라 여러 세력에 소속되었고, 그들 사이에는 서로 견제할 정도로 알력이 존재하고 있었다.

'저들을 어떻게 할까?'

잠시 고민하던 가온이 결정을 내렸다.

가온은 그들을 사로잡아서 더 많은 정보를 캐려고 하다가 이내 포기했다.

굳이 그런 귀찮은 일을 할 정도로 자신에게 중요한 정보가 아니라고 생각한 것이다.

슉! 슉! 슉! 슉! 슉!

그의 손가락에서 유형화된 마나탄이 빠르게 연사되었다.

"크어어······."

막 텔레포트 스크롤을 찢으려고 하던 다섯 흑마법사는 머리에 커다란 구멍이 뚫려 쓰러졌다.

그들이 초랭커인지는 확실하지 않지만 플레이어는 확실했

다. 머리에 구멍이 뚫린 사체와 흘러나온 피가 곧 사라지기 시작한 것이다.

'호오! 꽤 많이 떨어뜨렸네.'

마통기와 텔레포트 스크롤 다섯 장은 당연히 남았고 아공간 주머니 한 개와 매직북 두 권, 흑마력이 깃든 아이템 두 점이 흑마법사들이 사라진 자리에 남아 있었다.

그게 전부가 아니었다. 레벨이 올랐음을 알리는 안내음이 들렸다.

'경험치가 어느 정도 찬 상태이기는 할 테지만 레벨 100이 겨우 넘는 다섯 플레이어를 PK 한 것치고는 경험치가 많이 들어왔네.'

같은 플레이어를 PK 한 것은 처음이지만 이미 살육에 적응을 해서인지 아니면 상대가 부활이 가능한 플레이어라서 그런지 별 감흥은 없었다.

가온은 전리품을 챙긴 후 다시 하늘로 날아올랐다.

엔릴 일행이 이끄는 스켈레톤 1만 마리는 빠르게 고원 쪽을 향해서 진군했다.

물론 막아서는 리치 측 언데드가 속속 등장했다.

하지만 방패병과 검병, 창병, 궁병으로 분화된 스켈레톤 군단은 그런 언데드를 어렵지 않게 상대했다.

언데드가 가까워질 때까지는 궁병들이 언데드의 숫자를

줄였고 방패병이 일격을 막아 내면 곧바로 창병과 검병 들이 처리를 하는 전형적인 전투 방식이었는데, 제대로 된 전술도 없이 명령대로 무작정 달려드는 언데드로서는 막아 낼 수가 없었다.

그렇지만 가온은 마음을 놓지 않았다. 트롤이나 오우거가 베이스인 스켈레톤이나 구울이 등장하면 이런 방식으로는 처리할 수가 없었기 때문이다.

그렇게 1시간 정도 지나자 온 클랜 측은 거의 3킬로미터를 전진할 수 있었다.

1킬로미터에 불과했던 고원의 폭은 빠르게 넓어져서 거의 3킬로미터에 달했고 당연히 스켈레톤들 사이는 벌어질 수밖에 없었다.

무엇보다 이제부터는 죽음의 기운이 가득한 데스 필드가 펼쳐져 있어 조심해야만 했다.

그때 먼지바람을 뚫고 대략 1만에 가까운 언데드 군단이 모습을 드러냈다.

'이번에는 좀 어렵겠군.'

스켈레톤 절반에 오크와 울프 등 다양한 마수로 제작한 구울들이 다수 섞여 있는 언데드 군단은 일자진이 아니라 네 무리로 나뉜 상태로 몰려오고 있었다.

그 모습을 확인한 엔릴 역시 재빨리 스켈레톤을 네 무리로 편성해서 상대를 맞이할 준비를 했다.

"이번에는 우리도 나서야 합니다! 헤븐힐과 매디는 대원들에게 버프와 축복을 걸어 줘!"

온 클랜도 넷으로 나눈 후 나크 훈, 제어컨, 반 홀랜드, 미노스로 하여금 지휘를 하도록 했다.

"정령사들은 함정을 준비하세요! 마침 놈들이 무리를 지어 달려오니 모두 폭발 화살을 사용해서 숫자를 최대한 줄이세요!"

어차피 정체는 드러내야만 하니 1왕자군에게 받은 폭발화살을 아낄 필요는 없었다.

그렇게 명령을 내린 가온은 하늘로 날아올라 정령들에게 지시를 내렸다.

'카오스, 내가 성수가 담긴 주머니의 주둥이를 풀면 강한 바람으로 놈들을 향해 날려 줘!'

─알았어.

이것으로 홀리레인 신성 마법의 효과를 대체해서 광폭화 마법에 걸린 것으로 보이는 놈들의 전력을 깎을 수 있을 것이다.

'모둔은 데스 필드에서 계속 죽음의 기운을 흡수해 줘. 그리고 앙헬은 언데드에게 광병위 저주를 걸어 주고, 녹스와 마누는 나와 함께 있으면서 대기하도록 해!'

이것으로 1만에 이르는 언데드를 맞이할 준비는 끝났다.

'5천이 아니라 두 배 이상을 이쪽으로 돌렸으니 1왕자 측

도 만족하겠네.'

가온은 그런 생각을 하면서 저 멀리 격전이 벌어지고 있을 곳으로 시선을 돌렸다.

가온의 생각이 맞았다.

"왕자님, 언데드의 수가 줄어들었습니다!"

"언데드 일부가 후방으로 빠지고 있습니다! 특히 기동성이 높은 구울들이 후방으로 달려가고 있습니다!"

1왕자군 수뇌부가 모여 있는 곳으로 속속 반가운 보고들이 들어왔다.

플라잉 마법으로 높은 상공에서 전황을 살피고 있던 마법사들로부터 들어온 보고였다.

"오오! 역시 온 클랜!"

"전하의 혜안이 빛을 발하는군요!"

1왕자군의 수뇌부는 이미 1왕자가 거금을 들여 온 클랜에 의뢰를 한 사실을 알고 있었다. 그래서 밀리는 상황에서도 물러나지 않고 전선을 그대로 유지한 것이다.

"어떻게 되었습니까?"

1왕자가 표정 관리를 하면서 이제 막 마통기를 내려놓는 라헨드라에게 물었다.

그는 플라이 마법으로 전선 위에서 전황을 살피고 있는 마법사들에게 보고를 받고 있었다.

"온 클랜과 계약을 한 사령술사들이 거의 1만 마리에 달하는 스켈레톤들을 앞세워 고원 안쪽으로 진군했다고 합니다. 이미 1천 단위에 달하는 세 무리를 처리했고, 빠른 속도로 이동하고 있어 리치 측에 비상이 걸린 모양입니다. 데스 나이트도 후방으로 빠졌다고 합니다."

고공 정찰을 맡은 마법사들은 먼 곳을 볼 수 있는 특수한 아이템을 소지하고 있어서 고원 끝 쪽의 상황을 정확하게 파악하고 있었다.

"비록 용병이지만 참으로 신뢰할 수 있는 자들이군요. 대체 어디에서 그런 사령술사들을 찾아내어 계약을 했는지 능력이 대단합니다."

1왕자의 말에 수뇌부는 모두 고개를 끄덕였다. 이전의 활약도 그렇지만 이번 의뢰도 성공한 것이나 다름없으니 이젠 온 클랜의 능력을 인정해야만 했다.

"죽음의 군단은 얼마나 빠졌습니까?"

"우리가 상대하던 언데드가 대략 3만이었는데 지금까지 3천 마리를 부수었고, 1만 마리 정도가 뒤로 빠져서 지금은 대략 1만 7천 마리 정도가 남았습니다. 다만 안타깝게도 큰 활약을 해 주던 본 나이트는 거의 부서진 상태입니다."

"본 나이트가 적의 예봉을 막아 준 것만 해도 큰 활약을 했군요. 그럼 우리 쪽에 배치된 스켈레톤은 얼마나 남았습니까?"

"원래 본진에 배치된 스켈레톤은 2만 정도였는데 워낙 공격이 거세 절반 정도 부서진 것으로 보고 있습니다."

그래도 1만이 남았다. 거기에 1만 7천에 이르는 1왕자군 전력을 합하면 적 군세를 압도할 수 있었다.

"그럼 밀어붙여도 되겠습니까?"

"마법사 전력은 멀쩡하니 그래도 될 것 같습니다. 아마 우리가 전진하게 되면 양쪽이 받는 압력이 만만치 않을 겁니다."

전선을 유지하는 데만 급급했던 본진이 전진하기 시작하면 전황은 지금까지와 반대 상황이 될 것이다.

"후후후. 지금까지 꿀을 빨았으니 두 동생도 고생을 좀 해봐야 내 심정을 알게 될 겁니다. 전력을 투사하세요!"

수뇌부는 1왕자의 말에 속이 다 시원했다.

곧 전장에는 전진을 알리는 북소리가 울려 퍼졌고 지금까지 기다리고 있었던 마법사들의 공격 마법이 날아가기 시작했다.

언데드에게 특히 위력적인 화계 마법과 폭발 마법들로 인해서 전선은 귀가 먹먹할 정도의 폭발음과 함께 언데드를 태워 버리는 화염의 바다가 펼쳐지고 있었다.

천천히 하늘을 날고 있던 가온은 적당한 위치에 정지 비행을 하면서 성수가 가득 들어 있는 물주머니의 주둥이를 풀었다.

주둥이가 크지는 않았기 때문에 한순간에 성수가 모두 쏟아지지는 않았지만 꽤 많은 양의 성수가 일정한 세기로 나오기 시작했다.

'지금이야!'

─맡겨만 주라고!

카오스가 거센 바람을 만들어서 성수를 몰려오고 있는 언데드 쪽을 향해 날아가도록 만들었다.

워낙 바람이 거셌기 때문에 성수는 비말처럼 작은 방울이 되어 언데드 무리를 덮쳤다.

성수 주머니 다섯 개면 대략 2천 마리가 넘는 언데드 무리를 덮을 수 있었다.

효과는 즉각적이었다.

스켈레톤이 절반이고 나머지는 오크와 고블린 그리고 울프 종류의 마수로 만든 구울인 언데드 군단은 성수를 뒤집어쓰자 미친 듯이 날뛰기 시작했다.

스켈레톤이나 고블린 구울 들은 성수로 인해서 전투력이 크게 낮아질 정도로 뼈와 근육에 큰 손상을 입었고 고통에 몸부림쳤다.

오크와 울프 구울들은 상황이 좀 나았지만 그럼에도 불구하고 상극인 성수의 영향으로 언데드의 방어력은 크게 낮아졌고, 언데드 군단은 흑마법사들이 내린 명령을 망각하고 본

능에 따라 같은 무리를 공격하거나 전장을 이탈하고 있었다.

엔릴을 포함한 사령술사들과 온 클랜원들은 그런 언데드를 그냥 두고 보지 않았다.

스켈레톤 궁병이 뼈 화살을 날리기 시작했고 온 클랜원들은 폭발 화살을 연사했다.

쾅! 꽝! 꽝!

강력한 폭발음과 함께 스켈레톤들이 부서지고 구울들은 사지나 머리통이 떨어져 나갔다.

광폭화 마법에 걸려 있는 상태이긴 하지만 방어력이 높아지는 것은 아니라서 피해는 고스란히 받을 수밖에 없었다.

그런 모습을 확인한 가온은 곧바로 다른 무리를 향해서 날아가서 카오스와 함께 동일한 작업을 반복했고, 해당 무리를 맡은 사령술사들과 온 클랜원들은 화살을 이용해서 언데드 군단의 숫자를 크게 줄였다.

그렇게 온 클랜을 향해 달려오던 네 언데드 무리가 스켈레톤과 조우했을 때는 3분의 1에 가까운 숫자가 사라진 상태였다.

그럼에도 불구하고 전력은 언데드 측이 훨씬 강했다. 이쪽은 스켈레톤 2천여 마리에 온 클랜원과 플레이어들을 합쳐서 대여섯 명이 전부였기 때문이다.

하지만 숫자가 모든 것을 말해 주는 것은 아니다. 대기하고 있던 스켈레톤들의 앞에는 폭이 4미터 이상인 진흙 수렁이 만들어져 있어 거기에 빠진 언데드는 제대로 움직이지 못했다.

정령사들이 만든 수렁으로 인해서 또다시 수많은 언데드가 허우적거리다가 투사체에 맞아서 소멸되었다.

거리도 가깝거니와 창이나 화살은 성수에 담가 두었기 때문에 위력이 훨씬 강했다.

그렇게 전투를 벌이기도 전에 절반에 가까운 전력을 잃은 흑마법사들은 기대한 것과 달리 제대로 전투를 치를 수 없었다.

엘프 사령술사들의 영혼과 끈끈하게 연결된 스켈레톤들은 정예병처럼 언데드의 공세에 침착하게 대응했고, 그 후방에 포진한 온 클랜원과 플레이어 들은 또다시 성수에 담가 두었던 창과 화살을 이용해서 놀라운 전과를 거두고 있었다.

가온도 전황만 살피고 있는 것은 아니었다. 후방 어딘가에 숨어 있을 흑마법사들을 찾기 위해서 빠르게 날아다니는 한편 녹스와 마누로 하여금 놈들을 찾도록 했다.

―찾았어요! 열 명이에요!

마누가 가장 먼저 성과를 올렸다.

'어디야?'

마누가 있는 곳에는 수십 명이 올라가도 될 정도로 거대한 바위가 있을 뿐 아무것도 보이지 않았다.

―검은 로브를 걸친 자들이 아이템을 사용해서 은신하고

있어요.

그렇다면 방법이 있지. 자신이 직접 손을 쓸 필요도 없었다.

'마누야, 그냥 지져 버려!'

굳이 말을 섞을 필요는 없었다.

ㅡ죽여도 돼요?

'응.'

리치를 상대하기로 작정했으니 그들이 원래 던전의 주민이든 플레이어든 상관없다.

곧 시퍼런 뇌전과 하얀 전광이 바위가 있는 일대를 뒤덮었고 뇌전이 사라자자 수십 개의 아이템이 나타났다.

데스 나이트나 리치라면 모르지만 겨우 100레벨을 넘은 초랭커들의 방호력으로는 마누의 전격 공격을 막을 수 없었다.

추가 의뢰

'역시 플레이어들이었네.'

대체 얼마나 많은 플레이어들이 이쪽에 붙은 걸까?

초랭커라고 해 봐야 전 세계에 겨우 1천 명밖에 안 되는데 말이다.

어쩌면 그 많은 초랭커들이 모두 이 던전에 들어와서 각 세력이 추구하는 대로 움직이고 있을지도 모르겠다.

아무튼 흑마법사들이 모두 사라지자 그들이 조종하던 언데드는 무질서하게 움직였다. 어떤 놈들은 전장을 이탈했고 또 어떤 놈들은 옆에 있던 다른 언데드를 공격하기도 했다.

당연히 이쪽에는 무척 유리한 상황이 되었다.

스켈레톤들과 온 클랜원 그리고 플레이어들은 신이 나서

언데드를 공격했고 가온도 낮게 날아다니면서 마나탄으로 언데드를 쓸어버렸다.

전투가 시작된 지 채 30분도 흐르지 않아서 그 많던 언데드가 하나도 남지 않았다. 대략 1할은 도망쳤고 나머지는 모조리 부서지거나 소멸한 것이다.

일행의 얼굴을 보니 일부는 경악하고 있었고 나머지는 희희낙락하고 있었다.

일부는 처음 보고 듣는 홀로그램과 안내음을 통해 명예 포인트와 갓상점의 존재를 알게 된 엘프 사령술사들이었고, 나머지는 온 클랜원들과 플레이어들이었다.

특히 플레이어들은 던전 클리어에 상당한 업적을 세운 데다가 레벨 업이라는 보상까지 받았기 때문에 기뻐할 수밖에 없었다.

'이제 우리는 철수를 해야겠네.'

의뢰는 완수했다.

이제 남은 것은 라헨드라와의 통신을 통해서 의뢰를 완수했다는 확인을 받는 절차만 남았다.

더 전투에 끼어들어 봐야 도움이 되지 않았다.

피해가 전혀 없는 것도 아니었다. 엔릴 일행이 만든 스켈레톤 중 절반에 가까운 숫자가 부서지거나 크게 손상되었고 플레이어들 중 일부는 포션 치료를 받아야 할 정도로 다친 것이다.

가온은 그 자리에서 바로 라헨드라와 통신을 해서 의뢰 완수를 확인받았다.

－허허허! 정말 대단하네! 대단해! 잔금은 던전을 클리어한 후에 지급하도록 하겠네. 수고가 많았네.

벌써 의뢰를 완수했다고 하니 라헨드라는 황당한 것 같았지만 의심치 않았다.

통신을 끊은 가온은 사람들에게 일이 마무리되었음을 알리고 그동안 머무르던 은신처로 귀환하라는 명령을 내렸다.

온 클랜원들과 엘프들은 상황을 금방 수긍하고 받아들였지만, 플레이어들은 아쉬워했다.

그들이 원하는 보상을 수령할 정도로 업적을 세운 것인지 약간은 불안했다.

하지만 그들만의 전력으로는 할 수 있는 일이 없었다.

"벌써 3왕자군이 지척까지 진출했습니다. 빨리 이동합시다!"

측면을 맡은 두 왕자군 중 3왕자군이 먼저 리치 본진의 후방까지 진출했다.

가온의 말에 사람들이 시원섭섭한 얼굴로 은신처를 향해 이동하기 시작했다.

전투가 계속되지 결국 데스 필드의 영역은 축소되었고 리치가 이끄는 죽음의 군단 숫자는 빠르게 줄어들었다. 사방에서 가해지는 공격을 감당하지 못하고 리치가 있는 중심부로 밀려든 것이다.

물론 최초에는 거의 피해를 입지 않았던 2왕자군과 3왕자군도 완전히 포위를 하는 과정에서 상당한 피해를 입었다.

세 왕자군 모두 코벨리아 대마법사가 이끄는 흑마법사들이 제작한 본 나이트와 스켈레톤을 거의 잃어버렸고, 날뛰는 트롤과 오우거 구울을 처리하는 과정에서 꽤 많은 인원이 죽거나 다쳐서 전력에서 이탈했다.

그럼에도 불구하고 토벌군의 사기는 높았다. 이제 포위망을 더욱 좁혀서 리치만 처리하면 되는 것이다.

사실 토벌군의 누구도 몰랐지만 이런 전황의 변화는 모둔이 만들어 냈다.

리치가 적극적으로 대응하지 못하는 이유가 바로 빠르게 사라지고 있는 죽음의 기운 때문이었다.

아무튼 그렇게 만들어진 포위망의 크기는 대략 지름이 2킬로미터인 원형이었다. 그 안에 리치와 놈을 따르는 흑마법사들 그리고 언데드들이 몰려 있는 것이다.

그렇게 토벌군이 마지막 공격을 퍼붓기 시작했을 때, 누구도 예기치 않았던 반전이 벌어졌다.

"미친!"

마치 이때를 위해서 숨겨 둔 것처럼 1만에 달하는 마수와 몬스터로 만들어진 구울들이 새로 출현했으며, 무엇보다 토벌군 측이 전혀 예상하지 못했던 키메라들이 등장한 것이다.

새로 등장한 구울 중 1할 이상은 9할에 해당하는 울프와 오크 기반이 아니라 워베어나 스밀로돈과 같은 중상급의 마수 사체로 만들어졌기 때문에 검광 사용자 정도로는 해치울 수가 없었다.

특히 트롤의 몸에 오우거의 팔을 붙인 트로거의 전투력은 그야말로 무시무시했다.

검기에도 끄덕도 하지 않을 정도의 놀라운 재생력을 가졌으며 오우거의 괴력을 발휘하는 트로거는 검기 사용자들로는 감당할 수 없는 괴물이었다.

트로거뿐만이 아니었다. 세 쌍의 팔을 가진 오크 키메라도 있었고, 오크의 몸에 수소의 머리를 가진 특이한 미노타우르스 키메라도 있었다.

심지어 고블린의 얼굴과 팔을 가진 그리핀도 등장했다.

금방이라도 리치가 이끄는 죽음의 군단을 궤멸시킬 것 같았던 토벌군의 기세는 순식간에 꺾여 버렸다.

총 열 마리인 트로거는 소드마스터라야 겨우 상대할 수 있었는데, 당사자들이 몸을 사렸다. 막판에 다치거나 죽고 싶지는 않았기 때문이다.

거기에 더해 리치 본진에 가까워지자 다른 곳보다 훨씬 더 농후한 죽음의 기운이 토벌군의 사기와 능력을 떨어뜨렸다.

마치 저주에 걸린 것처럼 머리가 아프고 몸이 무거워진 것이다.

신성력을 가지고 있는 사제들도 힘겨워할 정도였으니 정예병이나 용병 그리고 플레이어 들은 감히 그 영역 안으로 발길을 들여놓기도 힘들었다.

더욱 심각한 일은 기사들의 피해가 컸다는 점이다.

기존의 언데드에 비해서 몇 배는 강력한 키메라와 구울 들을 상대하려면 검기를 사용하는 기사들이 나서야만 했는데도, 그런 피해를 입었다.

부상자야 포션을 복용하고 어느 정도 휴식을 취하면 회복이 되지만 트로거와 같은 키메라를 상대한 기사 중에서는 즉사하는 경우가 꽤 많이 나왔다.

결국 토벌군은 포위망은 간신히 유지한 상태로 멀리 물러나서 서둘러 신성 마법진을 설치했는데, 다행하게도 리치 측역시 여력은 없는지 더 이상 공격을 하지는 않았다.

그날 밤, 토벌군 수뇌부는 결국 비상회의를 열 수밖에 없었다.

가장 시급한 문제는 죽음의 군단을 1차로 감당해 왔지만 이젠 거의 남지 않은 언데드의 수급이었다.

"코벨리아 경, 언데드를 더 만들어 낼 수 있겠습니까?"

"어렵습니다. 새로 나타난 키메라도 그렇지만 구울들도 이전보다 최소 한 단계 이상 높은 등급입니다. 키메라는 말할 것도 없고요. 설사 급하게 만든다고 해도 스켈레톤 정도로는 상대할 수 없습니다."

라헨드라의 물음에 코벨리아가 침통한 얼굴로 대답했다.

국왕의 초청을 받고 제자들과 함께 던전에 들어온 그는 이제까지 세운 공을 바탕으로 항상 자신만만했는데 그 기세가 확 죽어 버린 것이다.

"언데드가 없으면 피해가 너무 클 텐데……."

누군가의 말에 좌중은 한동안 무거운 침묵이 이어졌다.

이 자리에 있는 이들은 규모 여부와 상관없이 상당한 전력을 지휘하기 때문에 정보 던전을 클리어하기는 해야 하지만 자신의 전력이 약화되는 것을 원하지 않았다.

"그나저나 궁금한 게 있습니다, 형님."

갑자기 3왕자가 1왕자를 이상한 눈으로 쳐다보며 말을 꺼냈다.

"뭐냐?"

"대체 그자들은 누굽니까?"

"그자?"

"모르는 척하지 마십시오. 리치 본진의 후방을 공격한 자들 덕분에 형님 쪽이 숨통이 트이지 않았습니까? 족히 1만은 뒤로 빠진 것으로 알고 있습니다."

3왕자는 다 알고 있으니 거짓말하지 말라는 얼굴이었다.

"저도 궁금합니다. 우리 측 마법사의 말로는 족히 1만은

되어 보이는 스켈레톤들이 리치 본진의 후방을 공격하는 모습을 관측했다고 합니다."

3왕자에 이어 2왕자까지 추궁을 하자 1왕자는 쓴웃음을 지었다.

'나 혼자만 알고 있으려고 했는데, 온 클랜을 숨길 수가 없겠구나.'

두 왕자 측에도 관측 마법사들이 없는 것은 아니니 후방에서 일어난 일을 모를 리가 없었다.

하지만 1왕자는 그래도 끝까지 숨겨 보기로 했다.

두 동생은 후방으로 이동한 그 1만의 언데드를 누가 어떻게 처리했는지는 알지 못하는 눈치였다.

'온 클랜은 나만의 패가 되어야만 해!'

1왕자는 진실의 일부만 밝히기로 했다.

"한 사령술사 단체가 한 일로 알고 있다."

"사령술사요?"

"그래. 꽤 실력이 좋다고 들었다. 아무래도 우리 쪽으로 죽음의 군단이 몰릴 것 같아서 의뢰를 해 두었지."

사령술사라는 단어가 언급되자 좌중의 분위기는 다시 뜨거워졌다.

가장 큰 관심을 드러낸 것은 흑마법사인 코벨리아였다.

"저희 말고도 1만이나 되는 언데드를 상대할 정도로 강력한 언데드를 제작할 정도의 사령술사 단체가 있단 말씀입니까? 대체 어떻게 그들을 찾은 겁니까? 혹시 어떤 학파인지 아십니까?"

자신이 이끄는 학파가 유일하게 정통 흑마법의 맥을 계승했다고 자부하는 코벨리아에게는 중요한 문제였다.

다른 이들도 1왕자를 주시했다.

이번 던전을 통해서 흑마법사 혹은 사령술사의 가치가 급상승했기 때문에 당연한 반응이기도 했지만, 1왕자가 어떤 루트를 통해서 그렇게 막강한 사령술사 단체를 알게 되었는지 궁금했다.

1왕자는 잠시 고민을 하다가 마음을 굳히고 라헨드라에게 눈짓을 했다.

라헨드라는 좌중의 분위기로 보아 거짓이나 일부만 밝혀서는 안 된다고 판단해서 사실대로 털어놓았다.

"흐음. 사실 사령술사들에 대해서는 우리도 아는 것이 전혀 없습니다."

잠시 말을 끊은 라헨드라가 사람들을 둘러보더니 의혹이 전혀 해소되지 않은 분위기를 파악하고 다시 말을 이어 갔다.

"다만 우연하게 온 클랜이 무사히 도주했다는 사실을 알고 그들에게 의뢰를 했는데, 그들이 의뢰 수행을 위해서 정체를 알 수 없는 사령술사 단체를 끌어들인 것으로 알고 있습니다."

"온 클랜이라면?"

"그, 그들이 모두 죽은 것이 아니란 말입니까?"

당장 좌중이 시끄러워졌다.

이 자리에 이들 대부분이 온 클랜이 당시 처음 등장한 트롤과 오우거로 만들어진 구울들을 상대하다가 흑마법진과 함께 폭사한 것으로 알고 있었던 것이다.

"……온 클랜이 무사하단 말씀이오?"

이제까지 침묵으로 일관하고 있었던 대공이 놀란 얼굴로 물었다.

"그렇습니다. 알려진 온 대장의 무위나 온 클랜의 전력을 고려하면 아무리 급박한 상황이라도 일부는 피했을 것 같아서 그들을 수소문했고, 다행히 그들과 연락이 되는 자를 찾을 수 있었습니다."

"하아! 온 클랜이라……."

2왕자와 3왕자는 '내가 왜 그걸 놓쳤지?' 하는 얼굴이 되었고 대공은 뭔가 마음에 들지 않는 얼굴로 눈썹을 찌푸렸다.

생각해 보면 온 클랜의 대장은 혼자 금지 중 금지인 스파인 산맥을 넘어왔으며 20대 중후반의 나이에 검기 완숙자 경지에 올랐다.

거기에 이동식 텔레포트 마법진이나 비행 아이템처럼 다수의 유물 아이템을 소지하고 있었으니, 클랜원들이라면 몰라도 그렇게 능력이 높은 자가 그리 쉽게 죽었을 리가 없었다.

소드마스터인 가제타와 검기 완숙자인 레너드의 말을 아무런 의심도 하지 않고 믿은 것이 실수였다.

그리고 엄청난 폭발로 인해서 대지의 기억 마법으로도 그곳에서 일어난 일을 파악하지 못한 것도 그렇게 판단하게 만들었다.

좌중은 잠시 조용해졌다.

가장 큰 피해를 입을 거라고 생각해서 1왕자군에게 중군을 넘긴 2왕자와 3왕자 측은 전혀 생각하지 못했던 인물의 등장에 머릿속이 복잡했지만, 다른 한편으로는 온 클랜을 이용해서 현재의 위기를 타개할 생각을 하고 있었다.

"하면 그들, 아니 온 클랜과 연락이 됩니까?"

3왕자가 뭔가를 떠올렸는지 1왕자에게 그렇게 물었다.

"그게 왜 궁금하지?"

"온 클랜을 다리로 그 사령술사 단체에 의뢰를 다시 넣으면 어떻겠습니까? 1만 정도면 구울과 키메라를 상대로 우리가 제대로 공격할 수 있는 기회를 줄 수 있을 것 같은데요."

"좋은 생각이라고 생각합니다. 관측 마법사가 살펴본 바에 의하면 그쪽 스켈레톤들은 리치 측 언데드를 압도할 정도로 강력한 언데드라고 했습니다."

2왕자가 3왕자의 의견에 힘을 싣자 다른 이들도 조심스럽게 동조하기 시작했다.

"하지만 의뢰를 받을지 모르겠다."

"이 땅에서 살아가는 용병 따위가 감히 그럴 리가 있겠습니까?"

"그냥 용병은 아니지. 그리고 우리 왕국 출신도 아니니 우리의 권위가 통하지도 않을 테고. 만약 그런 태도로 의뢰를 한다면 그들이 할 수 있는 일이라고 해도 거부할 것이 분명하다."

3왕자의 말에 2왕자가 비웃음을 지으며 말했다.

"커험. 아무튼 용병이라면 돈을 주면 무슨 일이면 하지 않겠습니까?"

3왕자는 2왕자의 말에 더 이상 대거리를 하지 않겠다는 듯 1왕자를 보며 물었다.

"사실 지난번 의뢰로 인해서 온 클랜은 우리의 의뢰를 받지 않으려고 했다."

그건 이 자리에 참석한 사람들이 생각해도 당연한 반응이다.

자신들도 트롤이나 오우거 구울 들이 나타날지 몰랐지만 당사자인 온 클랜의 입장에서 보면 속았다고 생각할 수밖에 없었다.

"그래서 이번 의뢰만 해도 그의 스승과 인연이 깊은 레헨드라 대마법사께서 직접 만나서 간곡히 부탁한 덕분에 이루어졌다. 그리고 너희들도 짐작할 테지만 온 클랜은 돈 때문에 의뢰를 받지는 않아."

"그럼요?"

"희소가치가 높은 유물급의 상급 아이템이 아니면 제안을 들으려고도 하지 않을 거다."

1왕자의 말에 3왕자의 눈이 빛났다.

"그럼 형님도?"

"그래. 100만 골드에 아끼던 아이템을 얹고서야 겨우 의뢰를 받아들였다."

전혀 숨기지 않는 1왕자의 대답에 두 왕자는 물론 수뇌부 전원이 깜짝 놀랐다.

1왕자가 내놓은 것으로 추정되는 아이템에 대해서는 다들 짐작이 가는 것이 있었기 때문이다.

"아무리 용병이라고 해도 너무 욕심이 많은 것 아닙니까? 자신들이 직접 한 것도 아니고 운 좋게 사령술사 단체를 알게 되어 다리를 놓은 것만으로 그 많은 돈은 물론 상급 아이템까지 챙기다니요!"

2왕자가 마치 1왕자가 아무 생각도 하지 않고 터무니없는 의뢰를 했다는 투로 소리를 높였다.

하지만 1왕자는 고개를 저었다.

"우리 측의 계산으로는 온 클랜에게 한 의뢰로 인해서 적어도 5천 이상이 무사할 수 있었다. 나는 그것만으로도 충분히 이익을 봤다고 생각하는데, 너는 너를 따르는 이들을 위해서 그 정도 돈과 아이템을 내놓을 수 없는 모양이지?"

1왕자의 비꼬는 대답에 2왕자의 얼굴이 벌겋게 달아올랐다.

"그, 그게 아니잖습니까? 아무리 능력이 출중하다고 하지만 그들은 용병에 불과합니다. 어찌 그런 자들에게 끌려다니십니까?"

"용병이 뭐가 어떠냐? 당장 셋째만 해도 휘하에 수많은 용병들이 있다. 그리고 그게 왜 끌려다니는 것이냐? 나는 내가 가진 것들을 모두 써서라도 나를 따르는 이들이 안전했으면 좋겠다. 그리고 너는 무슨 근거로 온 클랜이 수수방관했다고 생각하는 거지? 우리 측 관측 마법사의 보고에 따르면 그들은 대략 1만 5천이나 되는 언데드를 해치웠다. 그게 사령술사들과 스켈레톤의 능력만으로 가능한 일이더냐?"

"……."

2왕자는 1왕자의 말에 아무 대답도 할 수 없었다. 아무리 강화를 시킨다고 하더라도 스켈레톤은 하급 언데드에 불과하다.

1만 정도라고는 하지만 그런 스켈레톤만으로 구울까지 섞여 있는 리치 측 죽음의 군단 1만 5천을 해치웠을 리는 없었다.

분명히 온 클랜도 적극적으로 움직였을 것이다. 그렇지 않다면 그런 압도적인 결과는 나올 수 없었던 것이다.

그런 증거도 있었다. 관측 마법사는 폭발로 인해 발생한

빛을 많이 봤다고 했다.

토벌군이 납품을 받아서 사용하고 있는 폭발 화살과 비슷한 무기를 사용했다는 증거였다.

"저도 형님 전하의 생각에 동의합니다. 어쨌거나 현재의 위기를 큰 피해 없이 타파할 수 있는 변수는 온 클랜밖에 없습니다."

그렇게 말한 3왕자가 좌중을 돌아보았다.

아무도 고개를 젓지 않았다. 온 클랜만이라면 모르겠지만 1만에 가까운 스켈레톤 군단을 거느리고 있는 사령술사들까지 끌어들였으니 굉장한 전력이 된 것이다.

"형님은 이미 큰돈을 지출하셨으니 저와 작은형님이 각각 50만 골드를 내놓겠습니다. 그리고 쓸 만한 아이템도 하나씩 내놓도록 하지요. 대신 형님께서는 온 클랜에게 의뢰를 넣어주십시오."

"……저 역시 온 클랜에 의뢰하는 것에 찬성하겠습니다. 그리고 50만 골드와 상급 아이템 하나를 내놓도록 하지요."

2왕자는 3왕자의 의견에 동조하기는 싫었지만 대세를 거스를 생각은 하지 않았다.

아무튼 자신이 직접 확인한 온 클랜의 능력이나 신용도는 그 어떤 용병 단체보다 확실했기 때문이다.

두 왕자가 내놓은 아이템은 정보 던전에 들어오기 전에 국왕의 명에 의해서 왕실 보물 창고에서 각각 두 가지씩 챙긴 보물 중 하나에 해당했다.

"그럼 의뢰 내용을 구체적으로 정해 보자. 설마 키메라와 상급 언데드를 모두 책임지라고 할 것은 아닐 테니까."

"키메라야 그들의 능력 밖일 테니 상급 언데드 중 절반 정도를 맡아 달라고 해야 할 것 같습니다."

1만에 달하는 상급 언데드 중 절반만 사라져도 나머지는 토벌군이 충분히 감당할 수 있었다.

그렇게 되면 검기 완숙자 이상이 소드마스터들을 도와서 키메라를 처리할 수 있었다.

"저도 그 정도는 되어야 우리가 내놓을 보상에 어울린다고 생각은 하지만, 그게 정말 가능할까요?"

3왕자의 의견에 2왕자가 불신감을 드러냈다.

"내가 아는 온 대장은 능력이 안 되면 차라리 의뢰를 거부하는 자이다. 그러니 만약 받아들인다면 가능한 일일 테고 거부하면 대상을 다시 조정해야겠지."

1왕자의 말에 두 왕자는 물론 수뇌부 모두가 고개를 끄덕여 찬성을 했다.

"자, 그럼 상급 언데드 쪽은 그렇게 처리를 하고 죽음의 지대는 어떻게 대응해야 할지 의논해 봅시다."

죽음의 지대는 죽음의 기운이 다른 곳보다 수십 배는 농후한 공간을 말하는데, 리치가 이끄는 흑마법사들이 수백 개의 흑마법진을 중첩해서 펼쳐 둔 지역을 의미했다.

그렇게 다시 회의는 지속되었다.

　가온은 라헨드라로부터 새로운 의뢰 내용을 듣고 시간을
좀 달라고 했다.
　'어떻게 하지?'
　일단 독단으로 처리할지 아니면 대원들의 의견을 듣고 결
정할 문제인지부터 확인해야만 했다.
　'벼리야, 어떻게 생각해?'
　―굳이 대원들을 동원하지 않아도 가능하지 않을까요? 어
차피 토벌군 쪽에서 어느 한 부분을 맡아 달라고 한 것도 아
니기 때문에 대원들이 필요하지 않을 것 같은데요.
　'나 혼자 할 수 있다고?'
　―엘프 사령술사들만 움직이면 오빠 혼자서 충분히 수행
할 수 있을 것 같아요.
　벼리가 자신의 생각을 상세하게 알려 주었다.
　'흐음. 일리가 있네.'
　물론 필요한 건 있었다. 최소한 100톤 이상의 물과 1톤 정
도의 성수가 필요했다.
　거기에 엔릴이 이끄는 사령술사들도 필요했다. 물론 보여
주기 용도를 위해서지만 말이다.
　결국 의뢰를 받아들이는 것으로 결정을 지은 가온은 녹스
의 능력으로 1왕자군 숙영지 인근까지 이동해서 라헨드라와

만났다.

"중상급 마수와 몬스터로 연성한 구울 5천 마리를 없애면 되는 겁니까?"

"정말 가능하겠나?"

의뢰를 하면서도 라헨드라는 온 클랜이 정말 할 수 있을지 자신이 없었다.

"해 봐야 알겠지만 전력을 다한다면 가능할 것도 같습니다."

늘 그렇듯 담담하게 대답하는 가온의 태도에 라헨드라는 오히려 안심했다.

"다행이네. 이 주머니에는 지난 의뢰에 대한 잔금과 자네가 부탁한 성수가 들어 있네."

주는 아공간 주머니 안을 확인해 보니 잔금 50만 골드와 수를 셀 수 없이 많은 성수 주머니가 들어 있었다.

"그 많은 성수를 만드느라고 사제들이 무척 고생했네."

라헨드라가 이해가 안 가는 얼굴로 그렇게 말했다.

대사제들을 포함한 사제들이 밤을 꼬박 새워서 만들었다.

가온이 요구한 성수의 양은 무려 1톤이니 그럴 만도 했다.

"수고했다고 전해 주십시오. 성수는 이번 의뢰에서 빠트릴 수 없는 준비물이었습니다."

이제 남은 건 성수의 100배에 달하는 물을 챙기는 것인데 시간만 있으면 얼마든 가능한 일이다.

"그리고 이 아공간 주머니에는 이번 의뢰에 대한 대금이 들어 있네."

라헨드라가 주는 것들을 확인해 본 가온의 눈이 커졌다.

놀랍게도 100만 골드와 한눈에도 희귀해 보이는 아이템 두 개가 포함되어 있었다.

"2왕자와 3왕자가 내놓았네."

"두 왕자가 말입니까?"

"그렇다네. 이번 의뢰를 통해서 온 클랜이 얼마나 대단한 능력을 지니고 있는지 확인을 했기에 아무 소리도 하지 않고 내놓았네."

"그럼 1왕자 전하께서는?"

라헨드라는 고개를 저었다.

사실 그는 2왕자와 3왕자가 이렇게 막대한 재물을 내놓은 것에 속이 시원했다.

1왕자 측은 온 클랜이 의뢰를 수락하게 만드는 것으로 책임을 다하는 것으로 얘기가 되었다.

"그런데 선지급까지 해 주시는 겁니까?"

무려 100만 골드다.

아무리 두 왕자의 외가나 처가가 고위 귀족가라고 해도 부담이 될 정도의 거금인 것이다, 거기에 희귀해 보이는 아이템까지.

"전하와 나는 자네가 의뢰를 받아들였으니 완수할 것으로

믿네. 그리고 이렇게 하지 않으면 두 왕자가 나중에 딴말을
할 것 같아서 전하의 의견을 따라 이렇게 하기로 했네."

용병에게 의뢰를 하면서 선금은 물론 잔금까지 모두 지급
하는 경우는 거의 없다.

있다면 지극히 신뢰하는 경우였다.

'최소한 1왕자에게는 신뢰를 받게 되었군.'

결과가 어떻게 나올지는 모르지만 든든한 배경 하나를 둔
것 같아서 기분이 좋았다.

"최선을 다하겠습니다."

"자네만 믿네. 사실 토벌군의 사정이 별로 좋지 않네."

"네?"

이해가 안 갔다. 이번 작전을 시행하면서 갑자기 나타난
새로운 구울과 키메라 때문에 피해를 입기는 했지만 포션과
사제들 덕분에 사망자는 그리 많지 않을 거라고 생각했기 때
문이다.

"사실 더 이상 던전에서 시간을 끌 수가 없는 상황이네."

"바깥 상황이 안 좋은 겁니까?"

가온의 질문에 라헨드라가 심각한 얼굴로 고개를 끄덕였
다.

"최근 국왕 폐하의 환후가 극히 안 좋다는 소식이 들어왔
네. 대사제들이 간신히 명을 붙들고 있지만 채 한 달을 견디
지 못할 거라고. 만약 폐하께서 승계를 확정 짓지 않고 승하

예지몽으로
히든랭커

하시면 이 나라는 끝장이네. 누구도 양보하지 않을 것이 분명하니 말이야."

하긴, 그동안 살펴본 바에 따르면 세 왕자의 능력이나 이끄는 세력 규모는 비슷했다.

만약 라헨드라의 말처럼 국왕이 후계를 대상자들 앞에서 제대로 밝히지 않는다면, 이 나라는 내전이 일어나고야 말 것이다.

마수와 몬스터의 창궐 시대에 내전이 벌어진다면 이 나라는 끝장이다.

이런 상황이라면 토벌군도 더 이상 시간을 끌 수가 없기는 했다.

아마 예지몽에서는 이런 상황 때문에 무리하게 리치를 토벌하다가 큰 피해를 입었던 모양이다.

"우리는 내일 동이 트면 바로 공격을 시작할 걸세. 부탁하네."

가온은 더 이상 말을 하지 않고 담담한 얼굴로 눈에만 힘을 주어 그를 배웅했다.

활약

은신처로 돌아오면서 필요한 물 100톤을 아공간 주머니 몇 개로 챙긴 가온은 곧 로그아웃을 해야 할 매디부터 시작해서 클랜에서 사냥 경험이 풍부하고 명석하다고 모두가 인정하는 이들과 차례로 독대를 했다.

원래 전략 전술을 수립할 때는 함께 모여 의견을 주고받는 것이 효율적이었지만, 매디 때문에 그게 불가능했고 벼리의 조언도 반영을 해야 했기 때문에 이렇게 하는 것이다.

아무튼 그런 과정을 통해서 새벽 무렵에야 겨우 쓸 만한 전술 하나를 완성할 수 있었다.

곧 해가 뜰 시간이라 자는 건 어렵고 차를 한잔하려던 가온은 문득 잊고 있었던 것을 생각해 냈다.

'어떤 아이템들일까?'

1왕자가 준 것처럼 쓸 만해야 할 텐데.

두 아이템 중 하나는 목걸이였는데 지난번과 달리 아이템에 대한 간단한 설명서가 붙어 있었다.

'호오! 최상급 성물이네.'

무려 '자카르'라는 성인 칭호를 받은 사제가 평생 착용했던 목걸이였다.

효과는 언데드부터 시작해서 마족까지 음차원의 에너지를 사용하는 상대를 대상으로 전투력이 2할 증가하며 저주 등 사특한 흑마법을 무산시키는 한편 하루에 세 번 '홀리배리어' 신성 마법을 발동할 수 있었다.

가장 마음에 드는 점은 착용하는 것만으로 신성력을 2배로 높여 준다는 점이다.

신성력의 수준이 낮다면 큰 도움이 안 되겠지만, 신성력이 높을수록 더욱 활용도가 커지는 아이템이다.

한동안 사령술에 심취하는 바람에 가온의 신성력은 아직 800이 되지 않는 수준이지만, 2배를 사용할 수 있다면 언데드를 상대할 때 큰 도움이 될 것이다.

이 정도면 지금 착용하고 있는 12신의 가호에 비해서는 손색이 있지만 가온에게는 필요한 아이템이었다.

가온은 그 자리에서 목걸이를 착용한 후 면갑처럼 부드러운 천을 뭉친 것처럼 보이는 다른 아이템을 확인했다.

펼쳐 보니 양말 한 족이었는데 피부색과 동일해서 신으면 보이지 않을 것 같았다.

특이한 점이라면 한 번도 경험해 보지 못한 감촉의 재질이었으며 복숭아뼈 바로 위쪽에 날개처럼 생긴 부착물이 붙어 있다는 것이다.

'희한한 아이템이네. 양말이라니.'

신발도 아니고 이런 양말 형태의 아이템이 존재할 줄은 몰랐지만, 왕자 중 한 명이 내놓았다니 예사로운 물건은 아닐 것이다.

그런데 이 양말 외에도 설명서가 있었다.

날개가 달린 양말의 이름은 '벨레로폰 우도'였는데 바로 '천마 양말'로 번역되었다.

피부와 동화하여 본인은 물론 타인도 착용 여부를 알 수 없으며 피를 통해 각인하면 의지만으로 몸무게를 5분의 1로 줄일 수 있어 민첩성은 물론 질주와 같은 이동기의 수준을 높여 주는 효과가 있다고 쓰여 있었다.

호기심에 바로 피를 떨어뜨려 주인 각인 의식을 치른 후 천마 양말을 신었다.

"오오!"

절로 탄성이 터져 나왔다. 몸이 가벼워도 너무 가벼웠기 때문이다.

시험 삼아서 가볍게 뛰었는데 거의 3미터 높이의 천장에 머리가 닿았다. 정말 거의 힘을 주지 않았는데 말이다.

가온은 이 천마 양말의 등급이 무엇이든 자신이 꽤 자주 써 왔던 '점핑 앤 플라잉' 스킬을 몇 단계 이상 높여 줄 수 있으며 민첩성을 크게 높여 줄 수 있는 아이템이라고 확신했다.

'둘 다 마음에 드네!'

마음에 드는 보상을 받았고 대금도 선지급으로 받았으니 이번 의뢰는 반드시 성공시켜야만 했다.

'이것들만으로도 내 전력이 크게 상승했지만 안심할 수는 없어!'

소드마스터가 되었지만 아직 오러 블레이드를 마음대로 사용할 수 있는 경지는 아니다. 그러니 오러 블레이드만큼이나 강력하면서도 오래 쓸 수 있는 무기가 필요했다.

갓상점에 접속해서 몇 시간 동안 꼼꼼하게 목록을 살펴본 가온은 마침내 자신이 원하는 스킬 하나를 찾아냈다.

침투경

등급 : B
상세
-에너지를 파동 형태로 목표의 내부로 침투시키는 스킬
-손발은 물론 무기로도 사용이 가능하다.

내용은 굉장히 놀라운 위력을 말해 주고 있음에도 등급은

겨우 B등급밖에 되지 않았다. 그렇게 어렵지 않게 구사할 수 있는 스킬이라는 뜻이다.

가온은 바로 3천 명예 포인트를 지불하고 스킬북을 구입해서 그 자리에서 정독하는 것으로 익혔다.

'오오! 마나를 이런 식으로도 쓸 수 있는 거구나!'

머릿속에 새겨진 침투경 스킬은 스킬이면서 마나의 활용에 대한 고급 이론이었다.

하지만 등급이 말해 주듯 소드마스터이며 이미 발경, 즉 마나를 파동 형태로 방출할 수 있는 가온에게는 그리 어려운 스킬은 아니었다.

마침 가온은 오행신공을 익히고 있었다. 오행신공은 이름처럼 수금지화목의 속성을 가진 마나뿐 아니라 구별이 가능한 거의 모든 속성의 마나를 다룬다.

상대가 사용하는 마나의 속성을 알게 된다면 상극의 이론을 활용해서 상극이 되는 속성의 마나를 침투시키는 것으로 상대의 마나 사용을 억제하거나 장기, 신경, 근육에 심각한 손상을 줄 수 있었다.

또한 아직은 기초적인 수준이지만 음과 양의 이론을 활용해서 서로 반발하는 두 속성의 마나를 목표의 내부에 침투시켜 폭발을 시키는 방법도 시도해 볼 여지가 있었다.

가온이 중요한 의뢰를 앞두고 침투경 스킬을 골라서 익힌 것은 신성력을 제대로 이용하기 위해서다. 언데드의 내부,

특히 코어가 자리한 머리나 심장에 신성력을 투입하면 어떤 결과가 나올지 상상하니 더욱 수련 의지가 강해졌다.

아침까지 남은 시간은 그리 많았지만 그때까지 가온은 침투경 수련에 매진했다.

다재다능 특성으로 인해서 숙련도를 빠르게 올릴 수 있어서 짧은 시간이었지만 꽤나 의미 있는 수준까지 익힐 수 있었다.

해가 뜨자 새벽같이 일어나서 든든하게 배를 채운 토벌군이 마침내 공격을 감행했다.

역시 죽음의 지대 안으로 들어서는 순간부터 두통과 함께 몸이 무거워지기 시작했고 기다렸다는 듯 마수 구울과 키메라 들이 몰려나오기 시작했다.

하지만 토벌군도 이런 상황에 미리 대비를 하고 있었다.

"홀리필드!"

사제들이 힘을 합해서 홀리필드 마법을 펼치자 농후했던 죽음의 기운은 신성력과 함께 흩어지기 시작했다.

물론 그 범위는 그리 넓지 않았지만 직접 언데드를 상대하는 토벌군에게는 큰 도움이 되었다.

거기에 버프와 축복까지 받자 처음에는 언데드를 압도하며 안쪽으로 밀어붙였다.

하지만 우세는 홀리필드 신성 마법으로 죽음의 기운이 사라진 영역에서만 유지되었다.

곧 죽음의 대지 영역으로 들어서자 광폭화 마법에 걸린 언데드와 키메라에게 밀리기 시작했다.

그때 마법사들이 파이어 필드와 같은 위력적인 화계 마법으로 언데드와 키메라의 기세를 꺾었고 밀려난 토벌군은 겨우 숨을 돌릴 수 있었다.

토벌군 수뇌부는 사제들에게 홀리필드 마법을 부탁했고 마법의 효과로 또다시 죽음의 군단에 우세를 점했다가 더 안쪽으로 진입하면 열세에 몰리는 상황이 반복되었다.

상급 언데드와 키메라는 그만큼 대단한 마물들이었다. 거기에 죽음의 대지로 들어서면 농후한 죽음의 기운이 정신을 파고들어 공포감은 물론 불안감을 일으켰고 근육과 신경에 부정적인 영향을 주었다.

특히 키메라의 경우 검기 완숙자 이상이 거의 모두 달라붙었지만, 트롤이 베이스인 트로거의 경우 믿어지지 않을 정도로 강력한 재생력을 바탕으로 토벌군의 강자들을 질리게 만들었다.

거기에 흑마법사들과의 연결이 얼마나 긴밀한지 불리한 상황이 되면 어떻게든 도망을 쳐서 죽음의 대지 영역을 들어갔고, 얼마 후에는 멀쩡한 모습으로 다시 나와 전투에 참전하니 미칠 노릇이었다.

물론 소드마스터들은 일격에 키메라를 끝장낼 수 있는 강력한 한 수가 있었지만 그 수를 쓰기는 힘들었다.

가장 강력한 공격 수단은 리치가 모습을 드러낸 후에야 사용하기로 지침이 정해졌기 때문이다.

그런 전투가 3시간이나 이어지자 토벌군은 지칠 수밖에 없었다. 아무리 교대를 한다고 해도 지치지 않는 언데드나 키메라와 달리 피로가 쌓이고 마나가 소진될 수밖에 없었다.

신전과 마탑에서 내놓은 엄청난 양의 포션이 아니었다면 이 정도까지도 버티지 못했을 것이다.

그나마 상대 측 흑마법사들이 언데드와 키메라를 조종하느라고 마법 대응을 해 오지 않아서 이렇게 밀고 밀리는 상황에서도 포위망을 좁히고 있는 것이 전과라면 전과였다.

결국 토벌군 수뇌부는 온 클랜의 활동을 기대할 수밖에 없었다.

"당장 시작하라고 하세요!"

1왕자의 명령이 떨어지자 라헨드라가 마통기를 집어 들었다.

마침내 기다리던 통신이 들어오자 전장 근처에 대기하고 있던 가온이 움직였다.

바로 리치의 본진 위쪽의 높은 상공으로 날아갔다.

'저 돔이 리치와 고위급 흑마법사들이 있는 곳이군.'

가온의 눈이 향하는 아래쪽에는 광택이 나는 검은색 뼈로 만들어진 거대한 돔 형 건물이 자리하고 있었는데, 건물은 물론 주위까지 흐릿한 검은 에너지막으로 둘러싸여 있었다.

가온은 아직 다른 변화가 없는 아래쪽의 거대한 돔을 잠시 내려다본 후 먼저 모둔을 소환했다.

'이곳에서 가능한 한 많이 죽음의 기운을 모아 줘.'

굳이 죽음의 기운까지 흡수할 생각은 없었지만 이왕 관여하기로 마음을 먹었으니 조금은 도와주어야 할 것 같았다.

ㅡ다른 곳보다 죽음의 기운이 농밀한 곳이네요.

던전의 마지막 보스인 리치가 있는 곳이나 당연한 일이었다.

다음은 앙헬이었다.

'너는 키메라의 정신과 오감을 혼란하게 만들어!'

의뢰는 상급 언데드가 대상이지만 놈들을 제대로 상대하려면 키메라들부터 혼란스럽게 만들어야만 했다.

다음은 카오스였다.

ㅡ홀리레인을 만드는 거지?

카오스는 이미 자신이 할 일을 알고 있었다.

'맞아! 키메라와 언데드들이 날뛰는 공간에 홀리레인을 내리게 할 생각이야.'

전투가 시작될 때만 해도 반경 3킬로미터에 달했던 죽음의 대지는 이제 반경 2킬로미터로 줄어들었다. 토벌군이 그만큼 포위망을 좁힌 것이다.

언데드와 키메라는 대부분 리치와 흑마법사들이 머무르고 있는 뼈 재질의 돔 건물에서 1킬로미터 떨어진 곳부터 지금도 격렬한 전투가 벌어지고 있는 2킬로미터 거리에 걸쳐 날뛰고 있었다.

'리치의 본진 쪽에는 홀리레인을 뿌려도 큰 효과가 없을 테고, 어차피 의뢰도 언데드를 해치우는 것이니 홀리레인의 범위를 좁힐 필요가 있어. 카오스, 성수 입자가 더 작아져서 안개라도 상관은 없으니까 되도록 강한 바람을 생성해. 바로 시작하자!'

가온이 성수가 들어 있는 주머니의 주둥이를 풀면 카오스가 사방으로 날아가는 강한 바람을 생성해서 언데드와 키메라 들이 날뛰는 공간을 대상으로 홀리레인과 홀리미스트 신성 마법의 효과를 만들었다.

이번에 의뢰를 접수하면서 받은 성수는 20리터들이 자루로 무려 500개나 되었다.

숫자가 많아서 시간은 좀 걸렸지만 효과는 확실했다.

죽음의 대지도 홀리레인과 홀리미스트가 언데드와 키메라의 몸을 적시는 것은 막지 못했다.

신성한 기운이 담겨 있는 물과 안개에 젖은 언데드와 키메라 들이 발광을 했다.

물론 의뢰 대상인 언데드도 중상급이라서 그런지 전투력이 확연하게 낮아지는 경우는 없었지만 앙헬의 정신 공격까지 가해지자 그래도 지능이 높은 키메라들은 공격 대상을 잊고 주위에 있는 다른 키메라나 언데드를 공격하는 경우가 빠르게 증가했다.

당연히 토벌군은 손쉽게 언데드와 키메라를 상대할 수 있었고 큰 도움이 되었다.

카오스의 도움을 받아 성수를 모두 홀리레인과 홀리미스트로 사용한 가온은 다음으로 100리터짜리 물주머니를 꺼내 같은 방식으로 동일한 공간을 적시기 시작했다.

무려 100톤이나 되는 물을 모두 비와 안개로 만들어 언데드와 키메라는 물론 죽음의 대지까지 축축하게 젖게 만든 가온은 바로 라헨드라에게 마통기로 연락을 했다.

"지금부터 쉰을 세기 전까지는 무조건 뒤로 물러나야 합니다!"

-무슨 수를 쓸 건지는 모르겠지만 알겠네!

가온은 통신을 끊은 직후부터 수를 세기 시작하면서 마누를 불러냈다.

'최대 출력으로 전격을 방출해야 해!'

-알겠어요.

마누는 그동안 전력을 다한 적이 거의 없었지만 불안해하지는 않았다.

가온이 마음속으로 열을 셌을 때, 명령이 떨어졌는지 토벌군이 썰물처럼 죽음의 지대를 빠져나가기 시작했다.

마침내 오십을 세었을 때는 더 이상 죽음의 지대에 남아 있는 토벌군은 보이지 않았다.

특기할 점은 앙헬과 성수로 인해 상태가 나빠진 언데드와 키메라들도 미리 명령을 받은 듯 토벌군을 쫓아 죽음의 지대 밖으로 빠져나가는 경우는 없다는 점이다.

은신에 투명날개를 사용해서 모습을 감춘 가온이 한 일이기 때문에 본진에 있는 리치와 흑마법사들도 국지적인 기후 변화의 원인을 알 수 없어 적극적인 공세를 자제하는 것이리라.

그렇게 토벌군이 충분히 거리를 벌리는 순간 마누가 자신이 가진 뇌전의 힘을 모두 방출했다.

쿠르릉! 꽈아앙! 쿠르르 꽈아앙!

특정한 구역에 꽤 많은 비와 안개가 내렸음에도 아무런 변화가 없던 하늘에서 갑자기 시퍼런 뇌전 다발이 생기더니 젖어 있는 땅을 향해 내리꽂히기 시작했다.

카아아아악!

전격에 노출된 키메라들이 비명을 질렀다. 성대가 멀쩡한 구울 역시 마찬가지로 고통스러운 비명을 질렀다.

시퍼런 뇌전은 매질인 물과 수분을 타고 삽시간에 젖은 죽음의 대지를 덮어 버렸고, 전격에 휩싸인 언데드와 키메라들은 공포에 질려 우왕좌왕했다.

하지만 마누의 전격이 전부가 아니었다.

가온은 미리 구입해 두었던 뇌전구 1천 개를 빠르게 비행하면서 폭 1킬로미터에 달하는 동심원 구역에 투척했다.

거기에 더해서 자신의 뇌전신공을 전력으로 펼쳤다.

이미 그 공간을 휩쓸고 있는 마누의 전격에 뇌전구와 가온의 전격까지 더해지자 급이 낮은 언데드는 순식간에 새까맣게 타 버렸고, 키메라와 구울의 털과 가죽이 타고 녹기 시작했다.

그것보다 더 심각한 것은 전격이 몸 내부로 파고들어서 근육과 신경을 태워 버린다는 점이다.

스켈레톤과 달리 구울과 키메라는 생전의 육체가 기반이 되기 때문에 굉장히 충격적이었다.

뇌전구로 인해서 본래라면 금방 사라졌어야 할 전격은 무려 1분이 넘게 유지되었다.

'하지만 소멸된 놈들은 그리 많지 않아.'

대략 2천여 마리의 구울이 숯덩이가 되었다. 물론 전격으로 인해 육체가 손상을 받아서 전투력이 크게 떨어졌겠지만 의뢰의 내용은 5천 마리를 해치우는 것이었다.

'나중에라도 딴소리를 하면 골치가 아프지.'

이제 힘을 잃고 빠르게 대지로 흡수되는 뇌전을 지켜보던 가온은 혹시 몰라서 준비했던 두 번째 수를 쓰기로 했다.

가온은 뇌전이 쓸고 가지 않는 중심부에서 최대한 멀리 떨어진 곳에 착륙한 후 라헨드라에게 통신을 했다.

─하하하하! 역시 온 클랜이야! 이렇게 속 시원한 광경을 볼 수 있다니! 왜 그렇게 많은 성수를 준비해 달라고 했는지 이제야 알았네.

이미 보고를 받고 확인을 했는지 라헨드라의 목소리는 평소보다 몇 옥타브는 더 올라간 상태였다.

"아직 목표 숫자를 채우지 못했습니다. 계약한 대로 숫자를 맞추기 위해서 두 번째 수를 쓸 생각이니 공격을 개시하시죠."

─그게 끝이 아니라고?

"사령술사들을 다시 투입할 겁니다."

─그들과의 계약이 끝난 거 아닌가?

"이번 의뢰 때문에 재계약을 했습니다. 지금 대기하고 있는 상태입니다. 의뢰는 정확해야지요."

─허허허. 이 정도면 됐지 싶은데…….

라헨드라는 토벌군 수뇌부가 이 정도의 결과만으로도 충분히 만족하고 있다는 사실을 얘기하려고 했지만 가온의 생각은 달랐다.

"이번 공격에 언데드는 대략 2천 마리밖에 소멸되지 않았습니다. 3천 마리를 더 해치워야지 의뢰가 완벽하게 마무리됩니다. 그리고 전격에 당한 언데드와 키메라 들의 상태를 고려하면 지금 바로 공격을 개시해야 합니다."

─……참으로 대단하네. 왕자 전하들께서도 감탄하시네. 알겠네. 바로

공격을 개시하지.

물러나서 자신들이 힘겹게 상대하던 언데드와 키메라 들이 시퍼런 전격의 바다에서 고통스럽게 울부짖으며 발광하는 모습을 지켜보며 속이 뚫리는 것 같은 시원함과 동시에 공포감을 느끼고 있었던 토벌군이 곧 공격을 개시했다.

그 사실을 확인한 가온은 녹스의 능력을 사용해서 엔릴 일행을 차례로 데리고 왔다.

"자, 우리도 시작합시다!"

"네, 대장님!"

엔릴을 포함한 사령술사들이 언데드 100마리가 들어갈 수 있는 아공간을 개방했다.

물론 그 아공간은 지난번의 전투를 통해서 얻은 명예 포인트와 갓상점 접속 첫 특전을 이용해서 구입한 것들이다.

전날 제련한 것까지 포함해서 대략 1,200마리에 달하는 스켈레톤들은 연결된 사령술사들의 명령에 따라서 전격의 후유증에 시달리는 언데드의 배후를 쳤다.

물론 엔릴 일행은 매디가 빠르게 펼치고 있는 작은 홀리필드 안에 자리하고 있었다.

엘프 사령술사들과 연결된 스켈레톤들은 키메라를 피해서 구울들만 노렸다.

스켈레톤들이 사용하는 뼈 화살과 뼈 창의 공격력이 위력을 발휘했다.

전격의 후유증에 시달리고는 있지만 등급 자체가 다르기 때문에 당연히 전력 차이가 나서 한 마리를 처치하는 동안 이쪽은 서너 마리가 부서졌지만 진짜 공격은 따로 있었다.

'처음 써 보는데도 괜찮네.'

가온은 투명화 스킬을 처음 사용했는데 엔릴 일행조차도 알아차리지 못했다.

그런 상태로 돌아다니면서 구울을 상대로 침투경을 사용했다.

강하게 타격할 필요도 없었다.

그저 죽음의 기운과 상극이 되는 신성력을 주입할 정도면 되는 것이다.

가온의 침투경 스킬에 당한 구울들은 안 그래도 전격의 후유증으로 비실거리다가 내부에서 신성력과 죽음의 기운이 충돌하자 그 자리에서 쓰러지고 말았다.

'큰 타격을 받은 직후라서 침투경 스킬의 위력이 극대화되었구나.'

가온의 손바닥에 닿은 순간 주입된 신성력으로 인해 동력에 해당하는 죽음의 기운이 흩어지자 구울은 죽은 상태 그대로 돌아가 버렸다.

침투경 스킬에 익숙해지면 익숙해질수록 가온의 몸이 빨라졌다. 나중에는 쾌보까지 쓸 정도였다.

그사이에 예상한 대로 스켈레톤들이 빠르게 소멸되고 있

었다.

연이은 전격의 후유증을 떨쳐 버린 놈들이 빠르게 늘어난
것이다.

어느새 처음에 비하면 숫자가 4분의 1밖에 남지 않은 스켈
레톤들이지만 그래도 분전하고 있었다.

토벌군의 공격이 재개되었기 때문에 스켈레톤들에 대한
공격이 제한적이었고, 사령술사들이 실시간으로 아직 후유
증에서 벗어나지 못한 언데드를 목표로 지정해 주었기에 이
정도로 활약할 수 있었다.

결국 스켈레톤들이 1할 이하로 줄어들고 홀리필드 마법진
안에 숨어 있던 매디와 엘프들이 몰려드는 언데드에 생명의
위협을 느끼고 있을 때 가온이 모습을 드러냈다.

"됐습니다. 이제 다시 돌아갑시다."

엘프들의 정확한 리딩으로 스켈레톤들이 해치운 마수 구
울은 대략 1천여 마리에 달했고, 가온이 침투경 스킬로 해치
운 놈들도 그 두 배가 넘으니 목적은 달성했다.

"스켈레톤들을 불러들일까요?"

엔릴이 구울들을 상대하고 있는 스켈레톤들을 안타까운
눈으로 쳐다보면서 물었다.

"여러분이 저 스켈레톤들에 큰 애착을 가지고 있다는 건
알지만 어차피 내구성이 약해진 상태라서 오래 쓸 수는 없습
니다. 다음에는 더 좋은 재료로 더 강력한 언데드를 만들어

이번처럼 버리지 않도록 하면 됩니다."

엔릴 일행은 가온의 말에 수긍을 하는 얼굴이었지만 차마 발이 떨어지지 않는 모양인지 미적거렸다.

하지만 그럴 때가 아니었다.

"리치 본진에서 새로운 키메라가 나왔습니다! 빨리 움직입시다!"

가온의 말에 엔릴 일행은 자신에게 연결된 스켈레톤들에게 마지막 명령을 내리고 이곳으로 이동할 때와 마찬가지로 그의 주변으로 모여들었다.

토벌군 수뇌부는 주위보다 10여 미터 높은 넓은 언덕 위에 모여 있었다. 물론 그곳은 홀리필드 마법진으로 몇 겹으로 보호되고 있었다.

치열하게 전투를 벌이다가 온 클랜의 연락을 받은 직후 병력을 뒤로 물린 것이 잠시 전이었다.

토벌군 수뇌부는 왜 온 대장이 후퇴하라고 했는지 궁금했는데, 곧이어 상상조차 하지 못했던 광경이 펼쳐졌다.

방금 전까지 언데드와 키메라를 상대로 치열하게 싸우던 전장이 시퍼런 뇌전의 바다로 변하고 수많은 언데드가 숯덩이로 변하고 키메라들마저 고통스러운 비명을 지르는 모습은 속이 시원하면서도 공포스러웠다.

온 클랜이 어떤 과정을 통해서 이런 기적과도 같은 일을 벌였는지 알 수가 없어서 더욱 신비하면서도 한편으로는 믿음이 더해졌다.

"정말 대단합니다!"

"허헛! 어떻게 일개 용병이 저런 능력을 갖춘 것인지……."

1왕자를 비롯한 많은 이들로부터 온 클랜에 대한 이런저런 말을 많이 들었던 2왕자와 3왕자는 정말 말도 안 되는 광경을 직접 보고서야 소문이 과장되지 않았음을 확인할 수 있었다.

'돈과 아이템이 아깝지 않다!'

두 왕자는 물론이고 다른 이들도 이 놀랍고도 대단한 광경을 만들어 내기 위해서 온 대장이 얼마나 많은 돈을 썼을지 충분히 짐작할 수 있었다.

아마 선지급받은 대금의 상당 부분을 전격 마법과 관련된 스크롤과 아이템을 구입하기 위해서 사용했을 것이 분명했다.

직접 눈으로 지켜본 전격 공격의 범위나 위력을 생각하면 의뢰 대금이 전혀 아깝지 않다는 점에는 다들 동의할 것이다.

어쨌거나 온 클랜은 소드마스터와 대마법사 들이 포함된 5만에 가까운 토벌군으로도 하지 못한 일을 해낸 것이다.

당장 수많은 언데드와 키메라가 전격에 노출되어 숯덩이가 되어 소멸되거나 제대로 움직이지 못하는, 토벌군 입장에서는 더할 수 없이 좋은 결과가 나왔다.

그때 마침 가온으로부터 통신이 들어와서 모두 라헨드라와의 대화를 들을 수 있었다.

1왕자는 통신에 대한 라헨드라의 보고를 받은 직후 총공격을 하도록 명령을 내렸다.

다른 때였다면 2왕자나 3왕자가 트집을 잡을 수도 있었지만 이번에는 그냥 보기만 했다.

"우리가 보기엔 의뢰를 완수했건만 의뢰를 제대로 완수하겠다며 사령술사들까지 재차 등장시키다니 온 대장은 참으로 믿을 만한 인물이다!"

토벌군 수뇌부는 1왕자의 말에 고개를 끄덕였다.

확실히 온 클랜은 그들이 아는 용병들과는 달랐다.

비싼 의뢰비를 지불한 보람이 있는 과정과 결과를 눈으로 보여 주고 있었다.

대체 얼마에 사령술사들과 계약을 했는지는 알 수 없지만 후방, 즉 죽음의 대지 안쪽에 나타난 스켈레톤들의 전력은 실로 대단했다.

분명히 스켈레톤에 불과했지만 방패병, 검병, 창병, 심지어 궁병까지 분화되어 있었고, 궁병이 뼈 화살로 1차 공격을 해서 수를 줄이면 방패병이 공격을 막고 검병과 창병이 상대 언데드를 해치우는 식으로 전과를 확대하고 있었다.

이미 전격에 노출되어 전투력이 절반 이상 낮아진 언데드들은 상대가 스켈레톤에 불과함에도 속수무책으로 부서지고 소멸되고 있었다.

덕분에 토벌군만 신이 났다.

전격으로 인해서 죽음의 대지가 정화된 것처럼 죽음의 기운이 옅어져서 기량을 제대로 발휘할 수 있었고, 후방에서 스켈레톤들이 날뛰는 덕분에 수가 분산되어 이전보다 훨씬 편하게 전투를 할 수 있었다.

마무리

토벌군 수뇌부는 이전과 달리 조금은 편한 마음으로 전장을 느긋하게 주시했다.

그러던 중 2왕자가 뭔가 생각이 난 얼굴로 입을 열었다.

"대체 온 클랜원들은 어디에서 뭘 하는 걸까요?"

사실 전장 전체를 살펴볼 수 있는 이곳에 줄곧 있었음에도 아무도 온 클랜원을 보지 못했다.

심지어 플라잉 마법으로 하늘에 떠 있는 관측 마법사들조차 그들을 보지 못했다.

"틀림없이 은신 아이템을 사용한 상태로 의뢰를 수행하고 있을 겁니다. 잠깐 몇 명이 나타났다가 사라지는 모습을 보였으니 이젠 다들 짐작하시겠지만, 온 클랜의 자금력이라면 그 정도의 고급 아이템은 대원별로 가지고 있을 테니까요."

코벨리아의 대답에 다른 의견을 내는 수뇌부는 없었다. 다른 가능성, 즉 가온 혼자서 이 모든 일을 만들어 냈다고는 생각조차 하지 못했으니 말이다.

"코벨리아 경, 저 스켈레톤들이 범상치 않아 보이는데 맞습니까?"

3왕자가 벌써 1천 마리 이상의 언데드를 소멸시킨 것으로 보이는 스켈레톤들을 보며 물었다.

"베이스가 뼈의 강도가 아주 높고 지능도 높은 유인원이나 특별한 오크로 보입니다. 스켈레톤들이 저런 식으로 협공을 하는 능력을 발휘하는 건 거의 불가능합니다. 아마 뼈의 주인이 지능이 높았거나 그게 아니라면 코어로 중급 정도의 마정석을 사용했을 겁니다."

"하아! 온 클랜도 욕심이 나지만 저런 스켈레톤들을 만들어 낸 사령술사들의 정체도 궁금하군. 라헨드라 경, 혹시 사령술사들이 정체에 대해서 온 대장에게 물어보셨습니까?"

3왕자는 코벨리아의 존재에도 불구하고 거침없이 새로운 사령술사들에 대한 욕심을 드러냈다.

"물어는 봤지만 온 대장도 잘 모른다고 했습니다. 다만 지난번에 고원 중심부의 운석공에 있는 흑마법진을 공략할 때 위험에 빠진 자신들에게 도움을 주었다는 말만 했습니다."

"음. 나중에라도 온 대장에게 물어봐야겠네."

토벌군 수뇌부는 숫자가 줄어들고는 있지만 그래도 부서져서 움직이지 못할 때까지 키메라를 피해서 언데드를 철저하게 공격하고 있는 스켈레톤들의 활약을 흐뭇한 얼굴로 지켜보고 있었다.

　하지만 그런 이들 중에서도 다른 눈빛으로 스켈레톤들을 바라보는 사람도 있었다. 바로 로가튼 대공이었다.

　'혹시 저 스켈레톤들이 가제타와 레너드의 실종과 관계가 있는 건 아닐까?'

　당시 두 사람과 함께했던 별동대의 보고에 따르면 별동대를 공격했던 스켈레톤은 그 전까지 상대했던 것들에 비해서 키나 골격이 더 컸다고 했다.

　당시만 해도 거대 오크 변종이라고들 생각했고 그렇게 보고를 받았다. 그리고 그 스켈레톤들은 전투력 또한 일반 스켈레톤보다 훨씬 높았다고 했다.

　'왠지 수상하군. 그럴 리는 없지만 온 클랜이 저 스켈레톤들을 부리는 사령술사들을 이용해서 복수랍시고 가제타와 레너드를 해친 걸까?'

　가제타와 레너드의 실력을 생각하면 말도 안 되는 일이긴 하지만 지금 목격한 것처럼 기적과도 같은 일을 수행한 온 클랜의 저력을 보면 그럴 가능성이 없지도 않았다.

　'한번 조사해 볼 필요가 있겠어.'

　저 멀리 온 클랜원들이 은신하고 있을 것으로 보이는 공간에 고정된 대공의 눈이 스산하게 빛났다.

얼마 후 토벌군 수뇌부는 리치 본진을 향해 움직이기 시작했다.

온 클랜이 단독으로 5천이 넘는 상급 언데드와 1천여 마리의 키메라 중 3할 정도를 해치우는 성과를 냈기 때문에 토벌군은 파죽지세로 리치 측 본진을 향해 나아가고 있었다.

이제 마지막 일전만 남았다. 마지막이니 던전 클리어에 업적을 쌓으려면 최선을 다해야만 했다.

그렇게 다른 수뇌부가 언덕을 떠났음에도 대공은 가장 마지막까지 남았다. 물론 그를 호위하는 기사들과 함께였다.

그런 대공이 조심스럽게 호위 기사를 불렀다.

"하명하십시오, 전하."

"다크엔젤은 어디에 있나?"

"서남쪽 모처에서 대기하고 있는 것으로 알고 있습니다."

"몇 명이나 왔지?"

"부단장을 포함해서 총 10명입니다."

"부단장을 찾아서 온 클랜의 행방을 추적하라고 전해."

"위치만 파악하면 될까요?"

호위 기사가 조심스럽게 물었다.

"아니, 고문을 해서라도 놈들이 가제타와 레너드의 실종 건과 무슨 관계가 있는지 파악하라고 해. 그리고 비행 아이템과 텔레포트 마도구는 꼭 챙기고."

"……알겠습니다."

호위 기사 역시 온 클랜의 활약을 눈으로 똑똑히 보았기에 이해가 가지 않는 명령에 잠시 눈을 굴렸지만 대공의 명령에 토를 달 수는 없었다.

하지만 대공은 알지 못했다. 가온이 보낸 카오스가 근처에서 두 사람의 대화를 듣고 있다는 사실을 말이다.

'역시 뒤끝이 심한 자였어!'

나크 훈의 말이 맞았다.

'그럼 나도 가만히 있을 수 없지.'

후환이 될 것이 분명한데 손을 놓고 두고 볼 수는 없었다.

다만 이자들을 처리하자면 마지막 일전은 구경하기 힘들 수도 있었다.

'마지막에 리치를 어떻게 상대할지 좀 궁금하긴 하지만 큰 관심은 없으니까.'

원래는 마지막에 토벌군이 전력을 투사할 때 몰래 대공에게 손을 쓸 생각이었지만 생각을 바꾸었다.

대공은 나중에 처리해도 된다.

그렇다고 대공이 어디 가는 것도 아니다. 그는 소드마스터이고 바라는 것을 이루려면 마지막 일전에는 반드시 참가할 것이다.

'일단 호위 기사와 다크엔젤이라는 비밀 세력부터 처리를

해야지.'

가온은 녹스의 공간 이동 능력을 이용해서 혼자 전장의 뒤편으로 빠진 대공의 호위 기사와 가까운 곳으로 이동했다. 그리고 은신과 투명 날개를 이용해서 그의 뒤를 따라 날았다.

얼마 후 도착한 곳은 6개월 정도 자란 비타젠 나무 열 그루로 이루어진 작은 숲이었다.

기사가 숲에 접근하는 순간 아무것도 없는 것 같았던 안쪽에서 로브로 얼굴을 가린 한 인물이 모습을 드러냈다.

'은신포로 로브를 만들어 입었네.'

로브를 입긴 했지만 몸집이 큰 것이 마법사로 보이지는 않았다.

카오스를 통해서 들었던 이름이나 지금 모습을 보면 대공이 지시하는 은밀한 일을 수행하는 기사단인 모양이다.

"콰르흐, 네가 이곳에는 웬일이냐?"

"부단장님, 전하의 전언이 있습니다."

대공이 언급되자 그가 로브의 모자를 뒤로 넘겼다. 그러자 창백한 낯빛에 음침해 보이는 중년 남자의 얼굴이 드러났다.

"어떤 전언이냐?"

"온 클랜의 행방을 조사하고 놈들을 잡아 가제타 전 단장님과 레너드 부단장님의 실종과 어떤 관계가 있는지 파악하라는 내용입니다. 그리고 온 대장이 가지고 있는 비행 아이템과 텔레포트 마도구를 반드시 챙기라고 하셨습니다."

"하아. 채 스물도 안 되는 일개 용병 클랜이 그런 일을 저질렀다고 보시는 건가?"

세상에 알려지면 안 되는 대공의 은밀한 명령을 수행하는 다크엘젤 기사단의 부단장은 이해가 안 간다는 듯 고개를 살짝 저으며 물었다.

"그런 것 같습니다. 온 클랜은 토벌군 수뇌부에서 결정한 의뢰를 기대 이상으로 완수했습니다."

"언데드 5천 마리를 소멸시켜야 한다는 말도 안 되는 의뢰를 온 클랜이 완수했다고?"

"네. 저도 놀랐습니다."

콰르흐라는 기사는 다크엘젤 기사단의 부단장에게 자신이 직접 목격한 광경을 설명했는데, 경외심을 숨기지 못했다.

"하아! 그렇다면 드러난 온 클랜은 빙산의 일각이겠군."

"네?"

"당연한 거 아닌가? 내가 아는 그 어떤 용병단도 할 수 없는 일이니 감추어진 전력이 엄청나겠지. 그렇지 않나?"

"……생각해 보니 그렇군요."

콰르흐는 부단장의 말을 듣고 그럴 가능성이 높다고, 아니, 분명히 그럴 거라고 확신했다.

폭이 1킬로미터에 달하는 거대한 동심원 공간에 성수를 이용해서 홀리레인 마법이나 홀리미스트 마법을 펼친 것도 그렇고 모든 과정에서 어떤 인물도 목격되지 않았다는 점을 고려하면 그렇게 추론하는 것이 상식이었다.

"어디까지 하라고 하셨나?"

"고문을 허가하셨습니다."

"으음. 죽이라는 말이군. 두 사람의 실종과 확실하게 관련이 있다고 확신하시는 모양이야. 아무래도 이번이 우리 기사단의 마지막이 될 수도 있겠어."

부단장의 말에 콰르흐가 깜짝 놀라 그를 쳐다보았다.

"그, 그게 무슨 참담한 말씀입니까?"

"대공 전하께서는 잘못 생각하시고 있어. 온 클랜은 우리 기사단이 그동안 처리해 온 대공가의 정적이나 치부가 될 평범한 자들이 아니야. 정말 콰르흐 자네가 본 광경을 온 클랜이 만든 것이라면 우리 전력으로는 제대로 처리할 수 없어."

두 사람의 바로 위 상공에서 다크엔젤 기사단의 부단장이라는 자의 말을 들은 가온은 그래도 판단력이 뛰어난 자라고 생각했다.

"……어쩌지요?"

"어쩌긴. 그래도 해야지. 어쩌면 그 지독한 독을 더 이상 마시지 않아도 되니 우리에게는 좋은 일일 수도 있지. 비록 전하의 행사에 불평불만을 드러냈다는 이유로 이렇게 어둠 속에 숨어 살아야 하는 신세가 되었지만, 대공의 명령으로 인해서 우리의 손에 죽어 간 죄 없는 이들에게 속죄할 수 있는 기회일 수도 있고."

그렇게 말하는 부단장의 얼굴에는 체념과 포기의 빛이 완연했다.

"하지만 걱정하지는 말게. 어쨌거나 가족이 볼모로 잡혀 있으니 어떻게든 최선을 다할 걸세. 자네가 할 일은 전하께 온 클랜을 만만하게 생각하지 말라는 조언을 올리는 것일세."

"알겠습니다. 하지만 제 조언 따위는 신경 쓰지 않으실 분입니다."

"그렇겠지. 그래도 기사로 서약을 했으니 주군의 심사가 틀어지고 우리처럼 음지의 칼로 내쳐지더라도 어쩔 수 없이 해야 하는 일이네. 이렇게 살다가 죄책감에 매일 악몽을 꾸면서 어느 날 안식을 맞이하는 것이 우리의 운명일세. 애초 대공가에 들어오는 것이 아니었어."

"후유!"

"자네도 참 재수가 없네. 왜 하필 그 순간에 옆에 있어서……."

부단장은 콰르흐가 일그러진 얼굴로 길게 한숨을 내쉬는 모습을 보며 측은한 얼굴을 했다.

'처리하자!'

두 사람의 대화를 듣고 있었던 가온은 잠시 고민을 했었다. 두 사람을 살려야 할지를 두고 말이다.

하지만 결론은 금방 나왔다. 이들은 결코 대공을 배신하지 않을 테니까.

지구인으로서는 이해가 안 가지만 주군이 잘못된 명령을 내린다고 해도 따르는 것이 이 세계의 기사였다.

'대신이라기에는 뭐하지만 대공까지 끝장을 내 주겠습니다!'

뒤끝은 대공만 있는 게 아니다.

가온은 두 사람의 명복을 빌면서 파르를 채찍처럼 길게 늘인 후 마나를 주입했다.

"누구냐?"

가온의 움직임에 거의 소드마스터에 근접한 부단장이 소리를 치며 주위를 둘러보았다.

하지만 아무것도 볼 수 없었다. 소드마스터의 권능 중 하나인 마나 방출을 해 봤지만 감각에 걸리는 것은 아무것도 없었다.

'내가 잘못 느꼈나?'

이제 막 검기 완숙자에 오른 쾨르흐는 원래부터 아무것도 느끼지 못한 얼굴로 연신 주위를 둘러보고 있었지만, 자신처럼 아무것도 보거나 듣지 못한 모양이다.

그런데 그때 그의 목에 뭔가 날카로운 것이 닿는다 싶었을 때 그의 눈은 이상하게 아래로 향하고 있었다. 그리고 이내 매끈하게 잘린 자신의 목에서 피가 분수처럼 분출하는 것을 보며 의식이 끊겼다.

그와 동시에 다른 머리도 바닥으로 떨어졌다. 콰르흐라는 기사의 것이었다.

콰르흐는 의식이 끊어지기 전에 한 사내의 무심한 말을 들을 수 있었다.

"곧 너희들의 동료들까지 보내 줄 테니 기다려라. 굳이 이렇게까지 할 생각은 아니지만, 후환을 남겨 두고 싶지는 않거든. 이제까지 대공의 명령을 수행하면서 저지른 악행의 대가라고 생각해."

콰르흐는 그 목소리의 주인공이 온 클랜의 대장이라는 사실을 본능적으로 깨달았다.

'크흑! 대공도 이젠 끝장이⋯⋯.'

그게 콰르흐가 의식이 끊어지기 전에 마지막으로 하던 생각이었다.

가온은 숲 안에서 은신한 상태로 쉬고 있던 다크엔젤 기사단원들을 모두 정리했다.

감각이 닿지 않는 상공에서 떨어져 내리면서 휘두르는 채찍과도 같은 검이 파공성이 뒤늦게 따라올 정도로 빨랐다.

전장은 아까와 달리 토벌군이 압도적인 기세로 정리를 해가고 있었다.

성수와 전격에 노출되어 일종의 생명력이라고 할 수 있는 흑마력을 크게 상실한 언데드의 전투력은 이전의 절반도 되지 않았기 때문이다.

그나마 좀 버거운 상대는 키메라였는데 대공 등 몇 명을 제외하고는 소드마스터가 모두 나섰고, 검기 실력자들이 보조를 하니 빠르게 정리가 되고 있었다.

이제 언데드는 대략 2천, 키메라는 채 100도 남지 않았다. 언데드의 8할, 키메라의 1할 정도만 남은 것이다.

사람들은 이게 모두 온 클랜의 활약 덕분이라고 생각했다.

그들이 키메라를 제외한 언데드를 절반이 넘게 도륙한 이후 데스 필드의 위력은 현저히 약화되었고 키메라를 포함한 언데드의 전력 또한 눈에 띄게 낮아진 것이다.

"이제 마지막입니다! 모두 나서 주십시오! 리치가 움직이기 전에 빨리 전장을 정리해야 합니다!"

1왕자의 말에 수뇌부 중 대공을 포함한 몇 명의 소드마스터들이 움직였다.

모두 왜 이런 상황에서도 리치가 모습을 드러내지 않는지 의아했지만, 어쨌거나 놈이 늦게 나타날수록 이쪽 입장에서는 좋았다.

대공의 상대는 가장 많은 기사들을 죽거나 다치게 만든 트로거 두 마리였다.

놈들은 마치 합공에 익숙한 듯 조화를 이룬 공격을 퍼붓고 있었는데, 거대한 몸집을 가지고 있었고 수많은 상처를 입었음에도 불구하고 아직도 맹렬히 기사들을 압도하고 있었다.

"이놈들은 내게 맡기고 다른 놈들을 사냥해라!"

자신의 애검에 오러 블레이드를 생성한 대공이 나서자 기사들이 안도하는 얼굴로 물러나 다른 동료를 돕기 위해 이동했다.

"이놈!"

대공의 검이 노린 것은 둘 중 다리에 수십 군데의 상처를 입어 몸놀림이 둔한 트로거였다.

그는 단숨에 트로거의 무릎을 잘라 버릴 생각으로 크게 검을 휘둘렀다.

파앗!

오러 블레이드는 대공을 실망시키지 않았다. 단숨에 두꺼운 트로거의 무릎을 반절 이상 잘라 버렸다.

그때 다른 한 놈이 대공을 향해 몸을 날렸다.

하지만 대공은 이미 그 공격을 예상하고 있었기에 몸을 빙글 돌리면서 오러 블레이드로 놈의 긴 손톱 공격을 맞받아치려고 했다.

그런데 이상한 소리가 들렸다.

까앙!

"헙!"

놀랍게도 대공이 나서는 순간 트로거의 손톱에 오러 블레이드에 버금가는 위력을 가진 오러 네일이 솟아나 있었다.

'이, 이게 대체 무슨 일이지?'

트로거들이 강하다고는 하지만 대부분 검기를 구사할 뿐이었기에 대공은 당황할 수밖에 없었다.

그것만이 아니었다. 왠지 몸이 무겁게 느껴졌다. 마치 새롭게 데스 필드가 펼쳐진 것처럼 말이다.

하지만 대공은 달리 소드마스터가 아니었다.

순간적으로 검에 마나를 최대로 주입해서 더 길고 두꺼운 오러 블레이드를 뽑아낸 대공이 땅을 박찼다.

충돌의 여파로 휘청거리고 있는 놈의 머리통을 잘라 버릴 생각이었다.

하지만 땅을 박차려는 순간, 그의 발 앞부분이 아래로 쑥 들어갔다.

"저, 정……. 크윽!"

전혀 상상도 하지 못했던 순간에 모래처럼 허물어지는 땅으로 인해서 그의 몸이 균형을 잃었다.

대공은 이제야 정령의 존재를 눈치챘지만 그때는 지척에 있던 트로거가 그의 몸을 붙잡았다.

놈은 트롤의 강력한 재생력으로 이미 절단된 무릎 부위가 붙고 있는 상태의 트로거였다.

"이익!"

트로거는 몸통은 트롤이지만 팔은 오우거의 그것이었다.

오우거의 괴력이 그대로 이식된 두 팔은 대공의 허리를 단단히 감아 버렸다.

대공은 그 상태에서 벗어나기 위해서 전신으로 마나를 돌려 트로거에 잡힌 상태로 그 자리를 벗어나려고 발에 힘을 주었다.

하지만 그의 시도는 무산되고 말았다. 이번에도 힘을 주는 순간 발밑이 모래처럼 무너진 것이다.

그리고 그는 처음부터 트로거의 팔에 잡히지 말아야만 했다.

푸욱!

뒤에서 달려온 다른 트로거의 오러 네일이 미처 대응할 겨를도 없이 그가 입고 있는 미늘 갑옷의 등 부위를 뚫고 심장을 단단히 파고들었다.

"커어억!"

대공의 입에서 피분수가 쏟아져 나왔다.

"대공 전하!"

근처에서 다른 키메라들과 싸우다가 황급히 달려온 검기 완숙자 실력의 기사들이 전력을 기울여서 트로거들의 전신을 난도질했다.

"빨리!"

뒤늦게 도착한 기사들은 대공의 입으로 포션을 먹이는가 하면 트로거의 긴 손톱이 찢어 버린 심장 부위에 포션을 부었다.

하지만 그때는 이미 늦었다. 대공의 심장은 트로거의 오러 네일로 인해 완전히 파괴되고 말았기 때문이다.

아무리 상급 치료 포션이라고 해도 심장이 완전히 파괴된 상태를 재생시킬 수는 없었다.

대공의 불행에도 전투는 계속 이어졌다. 이제 마무리만 남겨 두고 있어 그의 사고는 아직 수뇌부에 보고조차 되지 않았다.

그래도 그 순간 대공의 죽음을 전해 들은 사람이 있긴 했다. 바로 하늘을 날고 있는 가온이었다.

─대공이 죽었어!

'모두 수고했어. 덕분에 후환을 남기지 않을 수 있었어.'

이번 일은 모둔과 앙헬 그리고 카오스의 합작품이다.

모둔이 두 트로거에게 죽음의 기운을 주입시켜 본신의 능력보다 몇 배나 높은 능력을 발휘하도록 했으며, 앙헬이 두 트로거로 하여금 대공에 대한 맹렬한 살의를 품도록 했다.

카오스는 대공이 땅을 박차려는 순간과 그 자리를 벗어나려고 할 때마다 힘이 쏠린 발밑의 흙을 무너뜨려 균형을 잃게 만들고 제대로 힘을 쏟을 수 없도록 만든 것이다.

그러니 그 누구도 대공이 누군가의 개입으로 어이없게 죽었다는 사실을 알아차릴 수가 없었다.

"결계부터 해결하십시다!"

1왕자의 명령에 가장 먼저 반응한 것은 어느 사이에 홀리 필드 마법진을 설치하고 그 안에 자리를 잡은 사제들이었다.

사제들은 대사제들의 지시에 따라서 하나의 신성 마법을 펼칠 준비를 하고 있었다.

그건 바로 신의 권능으로 일정 영역을 신의 땅으로 만드는 '디바인 마크'였다.

사제급으로 최소 500명이 필요한 대규모 신성 마법으로 리치가 있는 돔 형태의 건물을 감싸고 있는 알 수 없는 결계를 가장 빨리 무력화시킬 수 있었다.

사제들의 호위를 맡은 기사들은 혹시 모를 흑마법 공격을 우려해서 바짝 긴장했지만 다행하게도 그런 징후는 없었다.

사실 리치 측이 대규모 신성 마법을 준비하는 사제들을 그냥 놔둘 수밖에 없는 숨겨진 이유가 있었다.

그건 무서울 정도로 빠르게 사라지고 있는 죽음의 기운 때문이었다.

수많은 흑마법진을 중첩해서 구현한 죽음의 대지였지만 이상하게도 엄청난 속도로 죽음의 기운이 사라지고 있어 리치 측은 그야말로 공황에 빠져 있었다.

심지어 리치조차도 그 이유를 파악하기 위해서 흑마력을

동원해서 조사를 하고 있었다. 인간들을 상대하는 것은 그다음이었다. 죽음의 기운은 그가 가진 힘의 원동력이나 다름없었기 때문이다.

아무튼 그런 상황 덕분에 사제들은 무사히 대규모 신성 마법을 펼칠 준비를 마쳤다.

포위망의 다섯 방향에 자리를 잡은 대주교들이 일제히 주문을 외쳤다.

"디바인 마크!"

주문과 함께 대주교들이 자리를 잡은 곳을 잇는 거대한 오망성이 나타났는데, 점과 선 모두 신성한 에너지로 이루어졌으며 오망성의 안쪽은 성스럽고 휘황한 빛으로 가득 찼다.

크아아아아앗!

소름 끼치는 비명과 함께 리치의 본진인 돔을 둘러싸고 있는 결계가 햇살에 녹는 안개처럼 사라지기 시작했다.

"지금입니다!"

사제들만 준비하고 있었던 것은 아니었다. 5서클 이상의 마법사들 역시 힘을 합쳐 강대한 마법을 준비하고 있었다.

"파이어 스톰!"

"파이어 필드!"

"파이어 랜스!"

"플레어!"

"라그나 블래스트!"

자신이 구현할 수 있는 가장 강력한 화계 마법들이 리치 본진을 향해 날아갔다.

꽈아아앙!

고막이 나갈 것 같은 어마어마한 폭발음과 함께 뼈로 만들어진 거대한 돔이 화염에 휩싸였다.

화계 마법들은 상호작용을 통해서 초고온을 동반한 광범위 화계 마법의 위력을 발휘하는 것이다.

하지만 리치가 이끄는 흑마법사들도 그냥 당하지는 않았다.

아직도 화염에 휩싸여 있는 본진에서 하늘 높이 뭔가가 솟구치는가 싶더니 폭죽 터지듯 폭발을 했는데 넓은 지역으로 검은 비가 내리기 시작했다.

"홀리 배리어!"

"디바인 마크!"

대주교들의 지시에 따라 신성력을 많이 소진한 사제들은 신성 보호막을 만들었고 다른 사제들은 같은 신성 마법을 구현했다.

마법사들도 마찬가지였다. 공격에 참여했던 마법사들은 또다시 강력한 화계 마법을 펼쳤고 나머지 마법사들은 실드와 배리어를 생성해서 토벌군을 보호했다.

쏴아아!

죽음의 기운이 농축된 검은 빗물은 신성 보호막은 물론 실

드와 배리어에 수많은 구멍을 만들었고, 그 비에 맞은 이들
은 살이 타고 녹는 끔찍한 고통을 겪어야만 했다.

하지만 신성 마법과 화계 마법의 위력도 엄청났다. 어느새
뼈로 만들어진 거대한 돔은 녹거나 시커멓게 타서 무너져 버
린 것이다.

"한낱 인간들이 감히!"

분노한 리치가 무너진 돔의 폐허에서 걸어 나왔다.

키가 3미터에 이르는 리치는 걸치고 있었을 로브도 없이
해골 상태였는데, 빈 안구에서는 생존한 토벌군 전체에게 강
한 공포감을 줄 정도로 강력한 흉광을 뿜어내고 있었다.

그런데 그 뒤를 따르는 흑마법사는 달랑 다섯 명밖에 되지
않았고, 언데드와 키메라도 채 쉰 마리가 되지 않았다. 신성
마법과 화계 마법의 위력이 강대했다는 증거였다.

문제는 키메라였다.

트롤에 오우거를 합친 트로거가 스무 마리에 뭐라고 불러
야 할지 모를 기이하고 흉측한 형상의 열 마리가 더 있었다.

"어보미네이션이다!"

어보미네이션은 '흉물' 혹은 '역겨운 것'이라는 의미로, 다
섯 가지 이상의 생물을 인공적으로 합해 버린 키메라로 외형
이 흉측하고 부정형이 많다. 제작 난이도가 높지만 일단 만
들어진 것의 능력은 무시무시했다.

어보미네이션은 오래전 탄 차원에 커다란 재앙을 일으킨

흑마법사가 만들어 낸 키메라 중에서 마법사와 기사를 가장 많이 학살한 키메라였다.

"빨리!"

"서둘러!"

사제들과 마법사들은 이 정도는 예상했다는 듯 빠르게 움직였다. 리치는 사제들에게도, 마법사들에게도 사특한 존재이기 때문에 말을 섞을 대상도 아니었거니와 상대가 리치인이상 최선을 다해야만 했다.

대주교급 사제들까지 가세해서 새로운 신성 마법을 구현했다.

"그랜드 크로스!"

성스러운 빛으로 이루어진 거대한 십자가가 하늘 높은 곳에서 만들어져 리치를 향해 무서운 속도로 떨어졌다.

천적이나 다름없는 신성력으로 이루어진 거대한 십자가가 자신을 덮치는데 가만히 있을 리치는 아니었지만, 마법사들이 그럴 여유를 주지 않았다.

"발동!"

라헨드라가 회심의 마법진을 발동했다.

'사케르 오르도'라는 이름을 가진 마법진은 고대로부터 마족 등 사특한 존재를 봉인하기 위해 일정한 공간을 신성력만 사용할 수 있는 곳으로 만드는데, 엄청난 마정석과 준비물이 필요했다.

신전들과 마탑들이 공동연구를 통해 복원한 이 마법진을 위해서 그를 포함한 고서클의 마법사 열두 명이 100여 명의 제자들과 함께 바쁘게 움직여야만 했다.

"크아아아악!"

오직 신성력만 사용할 수 있는 세케르 오르도 마법진의 위력은 대단했다.

마법진에서 벗어나지 못한 리치 일행은 아무런 마법도 발현하지 못하고 그대로 신성력으로 만들어진 거대한 십자가에 삼켜지고 만 것이다.

"이겼다!"

흔적도 없이 사라진 리치 일행을 보고 일부 사람들이 환성을 질렀지만, 수뇌부의 생각은 달랐다.

'아직이야!'

이계인들에게 들은 바로는 이제 겨우 던전의 세 보스 중하나를 해치운 것에 불과하다.

게다가 리치의 라이프 베슬이나 차원석도 회수하지 않았다.

문제는 고대 마법진을 복원해서 구현하는 데는 성공했지만 마법진 안으로는 사제들밖에 못 들어간다는 사실이다.

1왕자가 신호를 하자 신전을 대표해서 던전에 들어온 대사제들이 조심스럽게 마법진 안으로 들어가기 시작했다.

그런데 얼마 후 돌아온 대사제들의 얼굴이 이상했다.

"라이프 베슬은 물론 차원석도 찾을 수가 없었습니다."

대지의 신전 대사제의 말이 떨어지기가 무섭게 홀로그램과 함께 모두의 머릿속으로 신성함이 가득한 목소리가 전해졌다.

—인원 한도 무제한의 EX 등급 던전의 1층을 클리어했습니다! 개인별 업적을 산정해서 던전을 나가는 순간 보상을 지급합니다.

—앞으로 이 던전은 난이도가 내려간 상태로 리셋될 것이며 클리어 조건이나 보상 수준 역시 하향될 겁니다.

"정보 던전이 클리어되었다고?"

누군가의 말에 모두의 얼굴이 이상해졌다.

사람들이 알기론 다른 두 보스와 차원석 두 개는 아직 파괴하지 못했다.

하지만 모두의 눈앞에 떠오른 신비한 글자나 머릿속으로 전해진 음성의 내용은 확실했다. 누군가 보스 두 마리는 물론이고 차원석 두 개를 파괴한 것이다.

"대체 누가?"

지금보다는 약한 전력이었지만 2왕자군과 3왕자군이 실패한 일이다.

차원석도 그렇지만 클리어 조건은 분명히 마핀이나 자이언트 웜을 3분의 1을 사냥해야만 했다.

현재의 토벌군 전력이 아니면 토벌은 엄두도 낼 수 없을 정도로 강력하고 수까지 많은 마수였는데, 대체 누가 그렇게 많이 토벌을 했단 말인가?

하지만 그렇게 넋을 놓고 있을 때가 아니었다.

–던전이 클리어되었기 때문에 곧 무너질 겁니다. 앞으로 보름 이내에 던전을 빠져나가야 합니다.

내용이 바뀐 홀로그램과 안내음에 토벌군의 마음은 바빠졌다. 던전 게이트에서 고원까지는 말을 타고도 열흘이 걸리는 거리였기 때문이다.

"서둘러야 합니다! 언데드의 공격으로 말들이 많이 죽었습니다!"

그랬다. 모두가 타고 갈 만큼 말이 많지 않았다.

자칫 던전을 클리어했음에도 불구하고 던전을 벗어나지 못해서 죽거나 알 수 없는 일을 당할 수도 있었다.

사람들은 무리별로 모여서 황급히 움직이기 시작했다. 그래도 던전을 클리어했다는 사실 때문에 사람들의 얼굴은 무척이나 밝았다.

다음 권으로 이어집니다

南魔宮帝

魔鬼帝 남궁마제

문운도 신무협 장편소설

회귀한 뇌왕, 가족을 지키기 위해
정파의 중심에서 제대로 흑화하다!

세상을 뒤집으려는 귀천성에 맞서 싸우다
가족을 모두 잃고 제물로 바쳐진 뇌왕 남궁진화
마지막 순간 원수의 뒤통수를 치고 죽으려 했으나
제물을 바치는 진법이 뒤틀리며 과거로 회귀하다!?

남궁세가의 양자가 된 어린 시절로 돌아온 후
귀천성이 노리는 자신의 체질을 연구하다 기연을 얻고
회귀 전과 다른 엄청난 미모와 함께
뇌전의 비밀마저 알아내 경지를 뛰어넘는데……

가족들에게는 꽃처럼 사랑스러운 막내지만
적이라면 일단 패고 보는 패악질의 끝판왕!
귀천성 때려잡기에 나서다!

꿈의 도약, 로크에서 하십시오
(주)로크미디어에서 신인 작가를 모십니다

즐거운 세상, (주)로크미디어는 꿈을 사랑하고 도전을 두려워하지 않는 작가분들의 참신한 작품을 기다리고 있습니다. 21세기 장르 문학계를 이끌어 갈 차세대 선두 주자 (주)로크미디어에서 여러분의 나래를 활짝 펴 보시길 바랍니다.

모집 분야 판타지와 무협을 포함한 장르 문학
모집 대상 아마추어 작가, 인터넷 작가
모집 기한 수시 모집

작품 접수 시 유의 사항

1. 파일명은 작가명_작품명.hwp 형식을 갖춰 주십시오.
1. 파일에 들어갈 내용은 다음과 같습니다.
   − 성명(필명인 경우 실명을 밝혀 주세요), 연락처, 이메일 주소.
   − 제목, 기획 의도.
   − A4용지 1장 분량의 등장인물 소개.
   − A4용지 2장 분량의 전체 줄거리.
   − 본문.
1. 작품이 인터넷에 연재되고 있다면, 게시판명과 사이트의 구체적이고 정확한 주소를 기재해 주십시오.

선택된 작품은 정식 계약 후 출판물로 간행되어 전국 서점에 유통됩니다.
작가분은 (주)로크미디어의 전폭적인 지원하에 전속 작가로 활동하시게 됩니다.
※ 자세한 내용은 로크미디어 홈페이지(rokmedia.com)를 참조하세요.

(03920)서울시 마포구 성암로 330 DMC첨단산업센터 3층 318호
(주)로크미디어 편집부 신간 기획 담당자 앞
전화 : 02)3273-5135
www.rokmedia.com   이메일 : rokmedia@empas.com

The Final
더 파이널

유성 퓨전 판타지 장편소설

「아크」「로열 페이트」「아크 더 레전드」
작가 유성의 새로운 도전!

회귀의 굴레에 갇혀 이계로의 전이와 죽음을 반복하는 태영
계속되는 죽음에도 삶에 대한 의지를 불태우던 어느 날

갑자기 시작된 침식으로 이계와 현대가 합쳐진다!

두 세계가 합쳐진 순간,
저주 같던 회귀는 미래의 지식이 되고
쌓인 경험은 태영의 힘이 되는데……

이계의 기연을 모조리 흡수해
누구도 넘볼 수 없는 전사로 우뚝 서다!

변호사 윤진한

이해날 현대 판타지 장편소설

『어게인 마이 라이프』의 작가 이해날,
당신의 즐거움을 보장할
초특급 신작으로 돌아왔다!

아버지의 복수를 위해
악랄한 변호사가 되었으나 대기업에 처리당한 윤진한
로펌 입사 전으로 회귀하다!

죽음 끝에서 천재적인 두뇌를 얻은 그는
대기업의 후계자 경쟁을 이용해
원수들의 흔적마저 지우기로 결심하는데……

악마 같은 변호사가 그려 내는
두 번의 인생에 걸친 원수 파멸극!